Franziska Rülke

Schnaps mit der Liebe

und andere Begegnungen mit dem Leben

AF177045

Franziska ist ein Exemplar der Gattung *Femina singularis kinderlosis*, weiblich, Mitte 30, ohne Partner, ohne Kind. Aber sie ist nicht allein. Sie hat ja ihr Leben, welches mit ihr regelmäßig Mitarbeitergespräche führt und dabei auch gerne schonungslos die eigene Meinung äußert. Gemeinsam machen sie sich auf ins Abenteuer durch die Region Midlife, sie schauen am Bahnhof des Lebens nach den verbleibenden Reisemöglichkeiten mit der Destination Kinder, suchen wie Landstreicher nach Wegen zur Berufung, überschreiten die Grenze zur Komfortzone und fragen sich, welche Gütesiegel ein Leben braucht, um ein gutes Leben zu sein.

Mit humorvollen Metaphern und ungewöhnlichen Bildern findet Franziska ihre ganz eigenen Antworten auf die Fragen, die das Leben nun mal so stellt.

Franziska Rülke

Schnaps

MIT DER

Liebe

und andere Begegnungen mit dem Leben

Impressum

© 2023 Franziska Rülke

Druck und Distribution im Auftrag der Autorin:
tredition GmbH, An der Strusbek 10, 22926 Ahrensburg, Germany
Umschlaggestaltung: Franziska Rülke
ISBN Softcover: 978-3-347-88739-8
ISBN E-Book: 978-3-347-88743-5

Die Liebe hat eine Identitätskrise.

Oder Burnout.

.

Inhalt

Das öffentliche Leben

Das sinnvolle Leben

Vorwort

Ich bin 35

Mein Leben nicht

An einem Samstagnachmittag saß es am Ende meiner Couch und sagte: „Wir müssen reden." Es war klar, dass das kommen würde. Wir sind seit 35 Jahren zusammen. Es gibt nicht viele, die das schaffen. Albatrosse vielleicht, Gibbons und Die Flippers. Wir haben es also schon ganz schön lange miteinander ausgehalten, mein Leben und ich. Ich weiß nicht, ob es Liebe ist, wir sind nicht immer einer Meinung, hadern viel und wundern uns über den anderen. Aber ich will auch kein anderes. Ich brauche es. Es fordert mich. Und umgekehrt halte ich es auf Trab. Manchmal stelle ich die Regeln auf, manchmal bestimmt mein Leben, wo es lang geht. Ich verstehe seine Entscheidungen nicht immer, aber ich weiß, es hat sich was dabei gedacht. So eine Beziehung ist harte Arbeit, das wissen wir beide. Und ich dachte eigentlich, wir reden schon viel miteinander, aber jetzt ist es offensichtlich mal wieder Zeit für ein Mitarbeitergespräch. Das letzte hatten wir mit 25. Da waren wir in der Quarterlife-Crisis und keiner von uns wusste, wo es langgeht. Deshalb sind wir einfach ohne Plan losgelaufen. Und nun, zehn Jahre später, stehen wir hier und stellen fest, der nicht vorhandene Plan ist nicht aufgegangen. Ist das dann jetzt schon die Midlife-Crisis? Vielleicht ist es gar keine Krise und wir machen einfach nur mal eine Bestandsaufnahme.

„Bist du glücklich?", fragt mich das Leben. Och nö, jetzt fängt es gleich wieder mit so fundamentalen Fragen an.

„Was heißt schon Glück. Das muss man erst mal definieren." „Naja, bist du da, wo du sein willst?" „Also wenn es nach mir gegangen wäre, dann wäre ich jetzt mit dem Mann meiner Träume verheiratet und hätte zwei süße Kinder. Zudem wäre ich erfolgreiche Autorin und würde viel reisen." „Tja", sagt mein Leben, „da es aber nach MIR ging, bist du ewiger Single und weder erfolgreich noch Autorin. Immerhin reist du viel." „Super", sage ich, „wenigstens das." Mein Leben hat seinen ganz eigenen Kopf, es richtet sich nicht nach dem, was andere sagen, was man tun oder lassen sollte. Mein Leben möchte nicht konventionell sein, deshalb erlaube ich ihm manchmal, aus der Reihe zu tanzen. Dann machen wir ein paar unerwartete Schritte, einfach so, um uns von der Masse der Einheitstanzenden abzuheben. Lange verreisen zum Beispiel. Oder kündigen. Oder etwas Verrücktes tun. Das ist es, was mein Leben ausmacht, es verhält sich nicht immer altersgerecht.

„Sind wir jetzt erwachsen?" Noch so eine Frage. „Naja", antworte ich, „nachdem wir kontinuierlich gesiezt werden, wenn uns jemand nach dem Weg oder der Uhrzeit fragt, werte ich das als Zeichen, dass wir zumindest äußerlich den Eindruck machen, erwachsen zu sein." „Aber innerlich, also im Kopf drin, da haben wir uns doch nicht wirklich verändert, wir ticken doch noch genau wie früher", stellt mein Leben mit einem fragenden Unterton fest. „Ja, das Gefühl habe ich auch", sage ich. „Aber äußerlich stimmt's schon", sagt das Leben beiläufig, „man sieht, dass du alt wirst." „Wie bitte?", ich schaue mein Leben entgeistert an. „Ich habe dich beobachtet, heute morgen, ich glaube, es ist ein Zeichen, dass man alt wird, wenn der Kajalstift die Haut vor sich herschiebt. Und auch sonst, deine Oberfläche zieht Falten." „Danke", sage ich. Wenn man sich so lange kennt, ist eine gewisse Ehrlichkeit unvermeidbar. „Aber ich mag dich auch so, es ist ja nur die Oberfläche", schiebt mein Leben hinterher. Ich mag dich auch, denke ich, und finde es gut, dass wir mal wieder reden.

Das

Liebesleben

I am an Alien

„Schau mal, das ist sowas wie du", ruft mein Leben mir zu. Wir bummeln durch die Ausstellung *Exoten und Absonderlinge unserer Gesellschaft*, als mein Leben vor dem Käfig mit einer Einzelfrau stehen bleibt. Davor blicken Familien mit Kindern kopfschüttelnd auf die junge, attraktive Frau, die zufrieden lächelnd in einer Ecke sitzt und die Sonnenstrahlen in ihrem Gesicht genießt.

Die Tafel vor dem Käfig erklärt, um welches Exemplar es sich hier handelt:

Femina singularis kinderlosis
Auch „alte Jungfer" genannt

Alter: über 30.

Verbreitung: Häufig in Großstädten zu finden. Versteckt sich dort in der Anonymität von Mehrfamilienhäusern in Einzimmer-wohnungen, oft gemeinsam mit Katzen. Auch in Bars und auf Resterampen in Diskotheken zu finden. Tritt häufig im Rudel mit anderen Einzelfrauen auf.

Besondere Merkmale: Sympathische und liebenswerte Zeitgenossin, meist berufstätig und sehr aktiv, verbringt ihre freie Zeit mit dem Ausleben ihrer Hobbys und der ausgiebigen Beschäftigung mit sich selbst, geht ungern Kompromisse ein.

Paarungsverhalten: Gelegentlich oder häufig wechselnde Geschlechtspartner. Schafft es nicht, ein Männchen dauerhaft an sich zu binden, Ursache ist laut Forschung ein zu hoher Anspruch.

Die Einzelfrau hat mittlerweile ihren Platz an der Sonne verlassen und schwingt sich vergnügt von Ast zu Ast, wobei sie den an den Gitterstäben ruckelnden Kindern mit aufgerissenen Augen die Zunge entgegenstreckt. Gleichzeitig schaut sie amüsiert auf die dazugehörigen Eltern, die es nicht schaffen, ihre Blagen unter Kontrolle zu bringen.

„Das ist doch unerhört!", schimpfen einige Besucher laut. „Die tut nichts für den Erhalt der Gesellschaft!" Abwertung ist in ihrem Blick zu spüren: „Meine Kinder zahlen deine Rente nicht!" Andere wiederum zeigen eine merkwürdige Form von Mitleid. „Die Arme, die sieht doch so nett aus, was stimmt denn mit ihr nicht?", fragen sie besorgt. „Die ist ganz allein und einsam und hat niemanden, der ihr am Valentinstag Blumen schenkt." Ich pruste ein Lachen heraus und ziehe damit den ernsten Blick einiger Besucher auf mich.

Im Käfig telefoniert die Einzelfrau gut gelaunt im Gras, während sie sich nebenbei die Fußnägel knallig rot lackiert. Eltern ziehen ihre pubertierenden Töchter mit den Worten „So wirst du nicht enden" zum nächsten Exponat. Bei einigen Muttis vor dem Käfig sehe ich in diesem Moment aber auch Wehmut in den Augenwinkeln aufblitzen.

Mein Leben versteht nicht. „Zölibat, Homosexualität, Polyamorie... all diese alternativen Lebensstile sind gesellschaftlich akzeptiert. Aber das hier? Ist die einzig akzeptable Lebensform für Frauen über 30 nur die in einer Beziehung und mit Kindern? Das kann doch nicht sein!" Ja, das klingt tatsächlich etwas totalitär, denke ich. Ein bisschen wie der weiße Kolonialmacht-Mann, der die Ureinwohner für minderwertig hält, nur weil sie unter freiem Himmel leben. Plötzlich wird mein Leben laut und ruft provozierend in den Raum: „Und wo ist eigentlich der kinderlose Mann über 30 ausgestellt? Hä?" Leute drehen sich entgeistert zu uns um. „Habt ihr den auch mal begafft? Ach, da drüben ist er ja, in der Kategorie *Cooler einsamer Cowboy*. Und ratet mal, was darunter steht? Natürlich: Schafft es, ungebunden zu bleiben und macht sein Ding. Na, da sagt ihr nix. Den bewundert ihr. Aber die Frau hier, die darf das nicht." Ich zupfe mein Leben peinlich berührt am Ärmel. Zu spät. „Was genau stört euch denn eigentlich? Dass sie tun und lassen kann, was sie will? Wann immer sie es will? Dass sie Freiheit besitzt? Ist es das? Seid ihr vielleicht bloß neidisch? Weil ihr zu früh ins Raster gefallen seid und erst zu spät gemerkt habt, dass ihr auch einen anderen Weg hättet gehen können?" Ich schaue in erstarrte Gesichter. „Und deshalb tut ihr jetzt so, als seien eure ach so bereichernde Beziehung und eure zuckersüßen Kinder der heilige Gral, ohne den man ein Leben in Verdammnis verbringen muss. Habt ihr schon einmal darüber nachgedacht, dass diese Exemplare sich auch wohlfühlen können? Dass sie zufrieden und glücklich sind? So wie sie leben? Weil sie nicht über Banalitäten streiten? Weil sie keine Kompromisse eingehen müssen? Natürlich sind sie manchmal einsam. Traurig. Aber das seid ihr auch!" Betretenes Schweigen. „Und das hier, 'zu hoher Anspruch'", mein Leben schaut in die Runde der Pärchen, „vielleicht hättet ihr euren auch mal etwas höher ansetzen sollen." Ich beiße mir auf die Lippen und unterdrücke ein Grinsen. „Bei der Wohnungssuche möchtet ihr alle ein Bad mit Tageslicht, aber beim Partner kann es ruhig ein paar dunkle Ecken geben, oder wie? Eine Brille kauft ihr doch auch nicht, wenn die Stärke nicht stimmt oder sie Druckstellen verursacht. Also warum das beim Partner hinnehmen?" Einige Frauen mustern ihren Mann aus den Augenwinkeln.

Mein Leben ist noch nicht ganz fertig: „Hört auf, die Einzelfrau hinabziehen zu wollen, hinab in eure Welt. Lasst sie in ihrem natürlichen Habitat, solange sie sich wohl fühlt. Schaut lieber, was ihr von ihr lernen könnt und nutzt ihr Potenzial! Und eines sage ich euch, ich werde nicht eher ruhen, bis auch die letzte kinderlose Einzelfrau gesellschaftlich anerkannt ist und nicht als Absonderling ausgestoßen wird."

Die Stille im Raum ist zum Bersten gespannt. Plötzlich klatscht jemand. Die Einzelfrau steht strahlend an ihrem Käfiggitter, schlägt die Hände zusammen, pfeift durch die Zähne und johlt. Mein Leben zwinkert ihr zu. „Gehen wir jetzt endlich ein Eis essen?", fragt es mich und deutet Richtung Ausgang. „Ich wusste gar nicht, dass du so ein Aktivist bist", flüstere ich ihm grinsend zu. Mein Leben zuckt mit den Schultern und lächelt zufrieden. „Wir sollten eine Stiftung gründen, zum Schutz der Femina singularis kinderlosis. Damit bauen wir Resozialisierungsprogramme auf, um die gesellschaftliche Akzeptanz zu erhöhen. Mit Projekten, in denen diese Frauen ihre freie Zeit sinnvoll zum Wohle der Gesellschaft einsetzen. Statt Kindern eben. Sie könnten ja z.B. Kröten über die Straße tragen." „Darüber reden wir nochmal", sage ich und drücke meinem Leben ein großes Eis in die Hand.

Diagnose: Chronische Singleitis
Ein Erfahrungsbericht

Ich bin Quacksalbern auf den Leim gegangen. Jahrelang wurde mir von ihnen eingeredet, mir fehle etwas. Die Diagnose lautete „Chronische Singleitis". Eine Mangelerscheinung, unter der ich sehr leiden würde. Gleichzeitig zeigten sie Unverständnis, wie ausgerechnet mich das befallen konnte, gehörte ich doch gar nicht in die Risikogruppe, mit meinem passablen Aussehen und dem lieben Charakter. Man machte mir Hoffnung, dass das sicherlich bald vorbei ginge. Als es jedoch mit den Jahren nicht besser wurde, fingen die Ersten an, von Wunderheilung zu reden: „Das geht manchmal schneller, als man denkt!", versprachen sie. Ich glaubte ihnen. Doch nichts passierte. Dann hieß es, man müsse aktiv was dagegen tun, denn von alleine ginge das nicht weg. Also probierte ich verschiedene Methoden aus, um meinen Zustand zu verbessern.

Online-Kliniken wie Parship versprachen schnelle Heilung (quasi alle 11 Minuten), wollten aber sehr viel Geld dafür. Zudem kosteten sie mich Unmengen an Energie und Zeit, und weil ich mich nach jeder Begegnung mit einem anderen Patienten kranker fühlte, wurde ich auf eigenen Wunsch entlassen. Also versuchte ich es ambulant mit Dating-Apps. Diese hatten die Nebenwirkung, dass mein Daumen einen Links-Drall bekam und ich mich wie ein Proband bei Versuchen zur Wirkung von Freaks fühlte. Ich setzte also auch diese bittere Medizin von minderwertiger Qualität sehr schnell wieder ab. Blieb noch der homöopathische Weg.

Im Park oder Café sitzend oder beim Besuch eines Konzerts stellte ich jedoch fest, dass diese Heilmethode nicht anschlug, da die Wirkstoffe hier viel zu verdünnt waren. In meiner Verzweiflung versuchte ich es sogar mit einem Placebo, musste aber einsehen, dass Affären kein Mittel gegen eine hartnäckige chronische Singleitis waren.

Wieviel Energie musste ich noch in meine Genesung stecken? Langsam verlor ich die Kraft und den Glauben, jemals geheilt zu werden. Leider gab es auch nichts von ratiopharm dagegen, also waren meine letzte Hoffnung die Hausmittel. Ich begab mich in eine Bibliothek auf der Suche nach Fachliteratur und wurde fündig. Im Regal unter dem Stichwort *Partnersuche* standen ganze 639 Bücher. Drei Monate später war ich schlauer. Ich wusste nun, wie man mit Hilfe von Leitfäden, Regeln und Tipps den Richtigen, den Passenden, den Traummann, den perfekten Partner, fürs Leben, für immer, für ewig, trifft, findet, erobert und zwar mit Hingabe, mit Gottes Führung und in 30 Tagen. Die Regeln waren einfach: sei du selbst, schau dir seine Wohnung an, suche nicht, lass dich finden, sei Traumfrau, verkaufe dich richtig, gib nach, überliste dein Beuteschema, nimm ihn.

Uff. Ich saß überwältigt hinter dem Bücherstapel und starrte ins Leere. Mein Kopf dröhnte von all den Regeln, die ich von nun an befolgen würde und die mir endlich die ersehnte Heilung verschaffen würden. Da tauchte die Bibliothekarin zwischen den Büchern auf, lächelte mich warmherzig an und sagte: „Na, nu geh'n se ma raus und finden ihre bessere Hälfte!" Plötzlich traf es mich wie ein Blitz: Bessere Hälfte? Wieso bessere Hälfte? Ich brauche keine andere Hälfte. Ich bin doch schon vollständig! Schlagartig wurde mir klar: mir fehlte gar nichts! Diese Mangelerscheinung, wie sie es nannten, war eingebildet. Aufgeschwatzt von der Quacksalber-Industrie und unterstützt von der Gesellschaft. Sie reden dir ein, dass du zu deinem Glück einen Partner brauchst, dass Alleinsein ungesund ist, dass es das Heil nur zu zweit gibt. Was für ein Quatsch! Und wissenschaftlich überhaupt nicht bewiesen. Ich ließ die Bücher liegen und stürzte hinaus auf die Straße. Ich war gesund! Wie befreit lief ich durch den Park, lächelte erleichtert die Leute an und legte mich glücklich ins Gras. Ich konnte endlich aufhören mit der verzweifelten Suche nach einem Gegenmittel. Ich musste nicht mehr heilen, denn ich war schon ganz. Ganz ohne Partner. Ich schwor mir, dass ich meinen Zustand von nun an mehr schätzen und genießen würde. Und in diesem Moment wusste ich: sollte mir jemals ein Partner begegnen, dann ist er allenfalls ein Wellnesspaket, aber auf keinen Fall die Reha.

Nachwort: In der Bibliothek sah ich damals auch sehr viele Menschen hilfesuchend vor der Fachliteratur zum Thema Beziehung sitzen. Da ist der Partner wohl zum Abszess geworden und sie wollten vermeiden, dass der aufplatzt.

Willkommen bei Super-Mann 2.0
DEM Online-Dating-Portal für Frauen

Schön, dass Sie mal wieder reinschauen. In unserem Portal finden Sie wie gewohnt alle Vorteile, die Sie auch vom Online-Shopping kennen: eine riesige Auswahl, Fotos vom Produkt, technische Details und blumige Produktbeschreibungen.

Darüber hinaus bieten wir Ihnen viele brandneue Features. Zum Beispiel bei den Suchoptionen. Um Ihnen die Suche einfacher zu machen, haben wir die männlichen Produkte nun, basierend auf den Erfahrungen unserer Userinnen, in drei große Kategorien unterteilt: *Geile Sportler*, *Tolle Hechte* sowie *Freaks und arme Schweine*. Zudem können Sie mit unseren Filtern ganz gezielt nach Farbe, Maßen, Hobbys und Gehalt suchen. Denn wir wissen, Sie haben sehr genaue Vorstellungen. Neu ist auch unser Sortierungstool, damit lassen sich die angezeigten Männer nach Belieben ordnen, z.B. *Intelligenz – aufsteigend* oder *Aussehen – absteigend*. Und natürlich können Sie auch weiterhin wie gewohnt in unseren Bestsellern und Ladenhütern stöbern.

Aber seien Sie gewahr, Sie sind nicht die einzigen, die suchen. Deshalb werden nun auch Hinweise zur Verfügbarkeit der Männer eingeblendet:

Achtung, Männer, die zu Ihren Kriterien passen, sind sehr beliebt. Diesen Mann sehen sich gerade 5 andere an!

Letzte Kontaktaufnahme erfolgte vor 3 Minuten. Zögern sie nicht mehr zu lange!

Eine weitere Neuerung ist unser Tool *Ähnliche Produkte finden.* Hier werden Ihnen Vorschläge unterbreitet wie: *User, die sich Strolchi angesehen haben, interessierten sich auch für Seppi, Juergi und Hansi.*

So finden Sie schneller einen Mann nach Ihrem Geschmack.

Was die Produktpräsentationen angeht, sind wir uns bewusst, dass hier noch Optimierungsbedarf besteht. Niemand entscheidet sich für ein Produkt, wenn er nur verschwommene Umrisse sieht oder das Objekt entweder zugehängt, in weiter Ferne oder mit der Visage des Vorbesitzers zu sehen ist. Dafür werden wir Guidelines einführen. Außerdem beabsichtigen wir ein Verbot von Fotos mit Sonnenbrille sowie Spiegel-Selfies. Bis dahin versehen wir alle Bilder mit einem Hinweis, den es auch auf den Verpackungen von Dosensuppen oder Mikrowellenessen gibt:

Fotos sind nur Serviervorschläge, Realität kann stark abweichen.

Und da wir wissen, dass Sie trotz detaillierten Auswahlkriterien nicht die Katze im Sack bekommen wollen, haben wir etwas eingeführt, was in der Welt der Partnersuche bisher fehlte: Bewertungen. Bewertungen von zufriedenen oder unzufriedenen Usern.

Es ist doch mit Partnern wie mit Hotels. Da möchte man eine Weile verbringen und sich wohlfühlen. Wenn aber jemand schreibt: mieser Service oder Schimmel im Bad, dann möchte man da nicht buchen.

Deshalb können Sie ab jetzt die Typen bewerten, mit denen Sie ausgegangen sind. Teilen Sie Ihre Erfahrungen, genau wie beim Online-Shopping.

Hier einige Beispiele unserer Userinnen:

- Achtung Mogelpackung! Verpackung toll, aber kein Inhalt
- Hat nur komisch gebrummt, als ich ihn angemacht habe
- Festplatte offenbar angeknackst
- Keine Standbyfunktion, labert ununterbrochen
- Programmierfehler, für Leute mit Helfersyndrom noch ganz ok
- Bohrer defekt

Damit wissen Sie in Zukunft schon vorher, worauf Sie sich einlassen. Und wir können eine Menge an missratenen Dates vermeiden.
Nun wünschen wir Ihnen viel Erfolg bei der Suche nach Ihrem Super-Mann!

Lassen Sie sich doch für den Anfang von den Pseudonymen der Herren verführen. In den verschiedenen Themenfeldern ist für jeden etwas dabei! Und seien Sie gewiss: Pseudonyme halten, was sie versprechen!

Tiere:
Waschbär, Kuschelbär, Icebär, Gartenbär, Bär mit Herz, Rennschwein, Schmusewolf, Ameisenmann, FroschzumKüssen, Tanzfloh, Alphamster, Papageientaucher, Dr. Tiermehl, Gummielefant,

Alltagstaugliche:
Käsehobel, Eiskratzer, Rennsemml, Softeis, Alaskapalme, Kampfbrot, Vwgolf6, Schnitzl888

Romantiker:
Onlyone, Datemitdir, bleibtreu76, Princebright, Lonelystar, Chance4us, Traumsepp, Suchender, Mondanschauer, Newlove79, Rosenmann, Seeflüstern, Sonnenbrise, MrLoneley

Charaktere:
Granddilemma, Unheimlich, Sophisticated, Lucifer, Undisputed, Psycho1301, Ironmade204, Löwenherz, Pomadi, Suppenkasper, Bayernbatzi,

Könner:
Jodlerkönig, Torwächter, Silversurfer, Teetrinker, Rockstar, Sportler, Manager0815, Chefkoch, Lovedoctor, Wadenknacker, Knechtruprecht, Ritter74, Bademeister, Cashflow, Firestarter, Brainstorm12

Götter:
Zeus72, Blechgott, Perikles777, Circusmaximus, Lordofwar

***Schnuckis*:**
Paulchen1976, Juergi, Michlbub, Tweety, Flockerl, Schnuff, Flocki, Süsserbengel, Blondino

Möge die Liebe mit Ihnen sein!

Single-Dasein

Angenommen du bist Single
sitzt zuhaus', starrst auf die Klingel,
wartest so, nicht erst seit heute,
dass die große Liebe läute.

Wenn es dann schon einmal schellt,
dein Herz fast in die Hose fällt.
Doch nein, ein Pizzatyp will nur
zum Flyerlegen in den Flur.

Falls du es wagst, mal auszugehen,
um dort die Liebe zu erspähen,
so wird die Hoffnung jäh zersiebt,
weil's scheinbar nur noch Pärchen gibt.

Zum Glück bleibt noch das Internet.
Versuchst du's eben mal im Chat.
Doch spätestens beim ersten Date
wird klar, dir fehlt Intimität.

Und sollte dir ganz aus Versehen
im Schwimmbad gegenüberstehen
die Liebe und sie lächelt knapp,
bist du zu feige und tauchst ab.

So bleibst du dann wohl weiter Single,
sitzt zuhaus, starrst auf die Klingel.
Doch irgendwie bist du getrost,
das nächste Mal ist's nicht die Post.

Schnaps mit der Liebe

Ich habe die Liebe getroffen. Sie war anders, als ich sie mir vorgestellt hatte.

Letzthin endete ich nach einem Cocktailabend mit Freunden unerwartet in einer Kaschemme. Irgendetwas hatte mich hineingezogen, und so saß ich plötzlich in diesem ranzigen alten Laden in schummrigem Licht an der Bar. Außer mir saß nur noch eine etwas abgewrackte Dame mit zauseligem Haar und wilden Klamotten an einem der Tische in der Ecke und redete auf die leeren Schnapsgläser vor sich ein: „Wozu mach' ich das eigentlich? Wozu? Das hat doch alles keinen Sinn." Sie sah irgendwie fertig aus. Der Barmann stellt mir ein Bier hin, bemerkte meinen Blick zu der Dame und meinte beiläufig: „Das ist die Liebe." Ich schaute ihn ungläubig an: „Nein!" „Doch. Die kommt öfter. Scheint eine Art Identitätskrise zu haben. Oder Burnout." Ich sah, wie er ihr ein weiteres Glas Schnaps einschenkte und es ihr brachte. Doppelkümmel. Wie bitte? Die Liebe trinkt Doppelkümmel? In meiner Vorstellung nippte die Liebe samtigen Rotwein aus großen, bauchigen Gläsern. Aber doch keinen Kümmel! Wer weiß, was ich noch für falsche Vorstellungen von ihr hatte. Ich musste mit ihr reden. Das war die Gelegenheit.

Mit meinem Bier in der Hand ging ich zu ihr. Aus der Nähe bemerkte ich, dass sie gar nicht wirklich groß war. Auch da hatte ich mich also getäuscht. Ich fragte höflich: „Entschuldigung, darf ich mich setzen?" Die Dame schaute aus müden Augen zu mir auf, nickte dann nur einmal kurz und wies mir mit dem Blick den Platz ihr gegenüber zu. Ich setzte mich. „Darf ich Sie etwas fragen?", versuchte ich vorsichtig das Gespräch zu eröffnen. Sie grummelte nur ein fragendes „Hm" und schaute mich unbeteiligt an. „Ähm, also", ich war etwas nervös, ich wollte es mir mit der Liebe ja nicht gleich vermasseln, „ich, äh, ich wollte mal wissen, wie das mit Ihnen so funktioniert, also, nach welchem Prinzip Sie arbeiten." „Prinzip?", schnauzte sie mich an, „was denn für'n Prinzip?" „Naja, also ob es da einen Plan gibt, nach dem Sie die Leute besuchen", ich bemühte mich, freundlich zu klingen, „in der Grundschule, da war ich mal verliebt, aber seitdem, ich wollte nur wissen, ob Sie nochmal vorbeikommen." In leicht genervtem Ton, in dem sich auch schon die unzähligen Schnäpse niederschlugen, raunzte die Liebe zurück: „Alle wollen immer, dass ich mal vorbeikomme. Ich bin doch nicht der Weihnachtsmann!" Na prima, das hat ja super geklappt. „Nein, nein, ich wollte ja auch gar keinen Druck machen", ich versuchte zu scherzen, „you can't hurry love, schon klar, haha." Sie fand es nicht lustig. „Hast du eine Ahnung, wie viel ich zu tun habe? Ich muss mich um die Babys und die Kinder kümmern, muss Familien zusammenhalten, Freunde verbinden. Überall werde ich gebraucht. Vor allem in Nahost." Die Liebe blickte nachdenklich in ihre leeren Gläser. „Jeder will geliebt werden. Und jeder sollte geliebt werden. In irgendeiner Form. Aber seit diese Idee von der romantischen Liebe populär wurde, komme ich einfach nicht mehr hinterher." Sie winkte dem Barmann, der ihr, und mir, prompt ein neues Glas Kümmel brachte. Mit einem Schluck kippte sie es hinunter und fuhr fort: „Früher, da hatte ich noch Zeit und Muße für wahre Liebe, für Romeo und Julia, Tristan und Isolde, für Cäsar und Cleopatra, Albano und Romina Power. Der Normalsterbliche hat gar nicht über mich nachgedacht, sondern war zufrieden, wenn er ein Weib für den Haushalt oder einen verdienenden Ehemann hatte. Doch seit Jane Austen so blümerant über mich geschrieben hat, wollte auf einmal jeder so etwas haben. Das ist als würden plötzlich alle ausschließlich bio kaufen, wie soll das gehen?" Die Liebe knallte das Glas, mit dem sie bis eben rumgefuchtelt hatte, auf den Tisch. Ich nippte noch an meinem fürchterlichen Kümmel und gab zu bedenken: „Naja, aber es ist doch auch eine schöne Sache eigentlich, jemanden zu finden, der einem in die Seele schauen kann, der einem das Gefühl gibt, wertvoll zu sein, der einem neue Impulse gibt. Jemand, der etwas in einem auslöst, was man bis dahin vielleicht gar nicht kannte." Die Liebe verdrehte die Augen: „Jetzt fang du auch noch an." „Ich kenn's auch nur vom Hörensagen", sagte ich zu meiner Verteidigung und leerte das Glas. Auf magische Weise standen schon zwei neue Schnäpse vor uns. „Siehste, da hassus", die Liebe fing langsam an zu lallen, „das Bild, das sie von mir verbreitet haben, das is' doch gephotoshopped. Ich wurde missbraucht. In Film und Fernsehen, in Büchern und Magazinen haben sie mich verschönt, mit Prinzen und Rosen und Geigen-Musik. Überall tauchte ich plötzlich auf und machte die Menschen, die mich hatten, scheinbar glücklich. Wie ein schnellhaftender

Alleskleber musste ich für jedes noch so primitive Pilcher-Pärchen herhalten. Alles bekam einen rosa Filter und ein bisschen Glitter obendrauf. Zum Kotzen is' das!" Zack, das nächste Glas verschwand in ihrem Rachen. Aus Mitleid trank ich meines gleich mit.

Offensichtlich war die Liebe froh, mal jemanden zum Reden gefunden zu haben, denn sie zog weiter vom Leder: „Das Problem ist, dass die meisten Menschen einfach nicht allein sein können. Dann holen sie sich ein bisschen Alleskleber und eine Portion Glitter und erwarten, dass der Partner so für immer bei ihnen bleibt. Andere beklagen sich, wenn ich nicht so lange bleibe. Aber ich kann doch nicht bei allen ständig dabei sein und Händchen halten. Die müssen das doch auch so hinkriegen. Radfahren muss man schließlich auch irgendwann ohne Stützräder. Und komischerweise, manche von denen können es auch. Aber andere, die fauchen sich schon an, kaum dass ich aus der Tür bin. Und dann klingelt irgendwann der Hass und sie machen ihm auch noch auf." „Das klingt nach Sisyphos-Arbeit für Sie", schob ich dazwischen. „Das kannste laut sagen!", die Liebe klang erschöpft, „verstehste jetzt, warum ich nicht mehr zu meiner eigentlichen Arbeit komme?" „Weil Sie Ihre Zeit mit Hinz und Kunz verplempern müssen", langsam fing auch ich an zu lallen. „Und weil so viel von mir erwartet wird. Die Leute sind ja nicht so leicht zufrieden. Die wollen ja immer sämtliche Extra-Features wie Humor und Leidenschaft passgenau mit dazu haben, bevor sie glauben, dass es Liebe ist." „Aber", ich hing schon halb über dem Tisch und gab mit dem Zeigefinger meiner lallenden Aussage Nachdruck, „es gibt auch Menschen, die wunderbar den Alltag zusammen meistern, bei denen die Kommunikation und der Humor stimmen, bei denen aber die Liebe fehlt. Das Bizzeln. Die Glut. Das Kribbeln. Oder wie auch immer sich das äußert. Das zum Beispiel weiß ich aus eigener Erfahrung. Dieses Gefühl, dass etwas fehlt." Ich wartete, bis der abschließende Satz mein Gehirn erreicht hatte: „Warum gehen Sie denn nicht zuerst zu denen? Da würden Sie doch auf fruchtbaren Boden treffen. Das wär' doch für alle Beteiligten das Beste. Also quasi win-win." Ich schaute die Liebe erwartungsvoll an. Sie schaute lange zurück. Blinzelte sanft mit den Augen, als würde sie intensiv diese Erkenntnis verarbeiten. Dann sagte sie schlicht: „Keine Ahnung." Und stand auf. „Ich muss nach Hause." Sie griff ihre Jacke und den Hut und suchte nach dem Gleichgewicht. „Ich bringe Sie", sagte ich höflich, hakte sie unter und gemeinsam torkelten wir zur Tür.

Draußen stand ein knutschendes Pärchen, welches ich aus dem Augenwinkel beobachtete. Als ob sie es bemerkt hatte, stellte die Liebe klar: „Damit habe ich nichts zu tun! Das ist die Leidenschaft, die zieht auch gerne mal ohne mich los." Wir gingen durch kühle Morgenluft der Dämmerung entgegen. „Und unter uns", flüsterte die Liebe, „das mit Romeo und Julia damals, da war auch viel Leidenschaft dabei. Ich kam da nicht wirklich zum Zug. Und ich bin mir ziemlich sicher, Julia hätte sich auch aufgeregt, dass Romeo auf der Couch liegt, während sie die Wäsche abnehmen muss. Aber so weit ist es ja leider nicht gekommen."

In meinem Kopf drehte sich inzwischen alles. Ich hatte einen Abend mit der Liebe verbracht und war kein bisschen schlauer als vorher. Trotzdem überlegte ich, der Dame noch meine Adresse zuzustecken, damit sie mich vielleicht schneller fand. „Ach Kind", sagte sie, als hätte sie meine Gedanken gelesen, „bevor ich ins Spiel komme, muss es ja erstmal zwei Menschen geben, die überhaupt aufeinandertreffen. Und dann müssen die sich auch noch riechen können. Da müssen also erstmal der Zufall und die Chemie ihre Arbeit tun. Ich bin dann der Schmetterling, der für das Flattern sorgt. Aber warte nicht auf mich, ich weiß nicht, ob ich's schaffe." Mit diesen Worten verschwand die Liebe in einem dunklen Hofeingang und ward nicht mehr gesehen. Zumindest nicht von mir.

A love affair (oder mehrere)
to remember

Ich weiß nicht, was in meiner ERziehung zum Thema BEziehung schiefgelaufen ist, aber von den sechs Beziehungen, die ich bisher hatte, waren fünf mit Männern, die bereits vergeben waren. Verheiratet, um genau zu sein. Man nennt das wohl eher Affäre oder Amour fou. Oder Leasing.

Affären sind wie Handtaschen, die einem nicht gehören. Wenn man sich damit öffentlich zeigt, muss man aufpassen, dass nicht jemand sagt: Hey, die gehört ihr doch gar nicht! Deshalb spielt sich mit solchen Handtaschen immer alles im Privaten ab. Nur dort, wo man nicht gesehen oder nicht gekannt wird, kann man so tun, als ob sie einem voll und ganz gehören. Das hat etwas aufregend Geheimnisvolles, ist aber auch schade, denn wenn man etwas liebt, möchte man es eigentlich stolz der Welt präsentieren.

Natürlich weiß man zu jedem Zeitpunkt, dass man solche Handtaschen irgendwann wieder zurückgeben muss, aber alles was zählt, ist der Moment. Man genießt das Gefühl, mit etwas herumzulaufen, das einem gut steht, das die eigenen Vorzüge hervorholt und das sich so sanft an den Arm schmiegt.

Dazu muss ich eins klarstellen: Ich bin keine Kleptomanin, die gezielt anderen Menschen ihre Handtaschen klaut. Vielmehr fallen mir die Handtaschen vor die Füße. Meist scheinen sie auf der Suche nach einem neuen Besitzer oder zumindest einem

Zwischenträger zu sein. Aber ich bin immer zurückhaltend, hebe sie nicht auf, ich will ja niemandem etwas wegnehmen. Ich denke an die Besitzerin, die bestimmt traurig wäre, wenn ihre Handtasche verloren ginge. Aber die Handtaschen lassen nicht locker. Sie sind wie Hunde, die so lange vor einem sitzen, bis man das Stöckchen wirft. Irgendwann kann ich dem Hundeblick dann nicht mehr widerstehen. Dann frage ich mich, warum eigentlich immer ich die Vernünftige sein muss. Und gebe nach. Pfeife auf: Das sollte man nicht! Das ist nicht richtig! Und sonstige Glaubenssätze. Stattdessen bin ich egoistisch. Da ist jemand, der mich lieben will, das kann nicht so falsch sein. Außerdem ist es nicht meine Beziehung, die gerade aufs Spiel gesetzt wird.

In dem Moment, in dem ich die Handtasche aufhebe, ist der kritische Punkt überschritten. Besitzerinnen interessieren nicht mehr. ICH bin jetzt diejenige, zu der die Handtasche gehören will. In meinem Arm fühlt sie sich wohl. Für mich öffnet sie sich. Mir gibt sie ihre Schätze. Das ist Glück im tristen Alltagsgrau. Das Gefühl, begehrt zu werden. Und zu begehren. Nicht allein zu sein. Berührt zu werden, körperlich und geistig. Alles andere ist egal.

Die Realität kommt früh genug. Denn irgendwann ist es nicht mehr zu leugnen, dass die Handtasche einem niemals ganz gehören wird. Es zeigt sich in Kleinigkeiten. Handtaschen bleiben zum Beispiel nicht über Nacht, denn morgens müssen sie wieder an ihrem angestammten Platz bei der Besitzerin stehen. Also gibt es kein gemeinsames Aufwachen, kein gemeinsames

Frühstück, wie es überhaupt keinen gemeinsamen Alltag gibt. Natürlich hat es auch Vorteile, wenn man nachts nicht durch eine schnarchende Handtasche am Schlafen gehindert wird. Oder wenn man sich nicht aufregen muss, dass die Handtasche mal wieder den Müll nicht mit runtergenommen hat. Aber irgendwie fehlt auch etwas. Es kommt der Punkt, an dem ich mit der Handtasche gerne mehr teilen würde als nur prickelnde Heimlichtuerei.

Ich gebe zu, manche Handtasche hätte ich aber auch gar nicht selbst besitzen wollen. Weil sie Features hatte, die mich nicht so wirklich ansprachen, wie das Äußere oder die Funktionalität. Aber dafür hatte sie spannende Fächer, in denen ich etwas fand, was mir in dieser Zeit guttat. Möglicherweise lag auch gerade darin der Reiz, der die Sache zu einer Versuchung werden ließ. Zu wissen, dass ich die Handtasche sowieso nicht haben kann, schaltete meine sonst so hohen Ansprüche aus und machte den Weg frei für die Gefühle. Es kam ja nicht mehr darauf an, dass alle Must-Haves erfüllt sein müssen. Statt Rationalität übernahm die Chemie. Und die verknüpfte mich auf ihre ganz eigene Art mit jeder der Handtaschen.

Aber irgendwann setzt eben doch die Vernunft wieder ein. Dann, wenn klar wird, wie aussichtslos das Ganze eigentlich ist. Dass es keine Zukunft hat. Vor allem nicht für mich. Die Handtasche hat ja schon eine Familie. Ich will auch eine. Eine eigene.

Also kommt, was kommen muss. Ich spiele wieder die Vernünftige und beende die Geschichte. Ganz undramatisch ist das nie. Man hängt eben schon zu sehr drin. Einmal war es andersherum. Da zog sich die Handtasche im wahrsten Sinne einfach aus der Affäre. Gerade in dem Moment, in dem sie sich von ihrer rechtmäßigen Besitzerin losgesagt hatte und ich mich mit dem Gedanken angefreundet hatte, sie *mein* nennen zu dürfen, roch die Handtasche die Freiheit und war verschwunden im Gewusel. Ohne Abschied. Ohne Grund. Auch das tut weh.

Überhaupt scheint der Kummer nach dem Ende einer Affäre nicht wirklich ernst genommen zu werden. *Bravo! Na endlich! Zum Glück!* sagen sie. Alle sind froh, dass man dieses Anhängsel los ist. Niemand sagt *Tut mir leid*. Als ob eine beendete Affäre keinen Schmerz hinterlässt. War ja nur geliehen. War ja nicht echt. Aber auch für geliehene Handtaschen kann man echt empfinden. Auch sie schließt man ins Herz. Wenn sie dann dort wieder herausgerissen werden, hinterlässt das eine Wunde. Aber alles, was man zu hören bekommt, ist: *Auch du findest noch die Tasche, die wirklich zu dir passt. Die richtige kommt, wenn du es am wenigsten erwartest.* Wenn es eine Todesliste für sinnlose Floskeln gäbe, diese würde ich weit nach oben setzen.

Also ist man wieder allein im tristen Alltagsgrau und glaubt Adele, dass man „Someone like you" finden wird. Die einzige Möglichkeit, aus diesem Muster auszubrechen, ist, bewusst nur noch nach herrenlosen (oder besser gesagt damenlosen) Handtaschen

Ausschau zu halten. Ich versuchte sogar den legalen Weg über das Internet, wobei mich Online-Shopping bei Handtaschen nicht wirklich überzeugte. Aber dann, in einem Club, wurde ich tatsächlich fündig. Eine Tasche, die wie auf mich zugeschnitten war. Aussehen, Funktion, Gefühl, alles stimmte. Zumindest bis zum ersten Date. Auch diese Tasche gehörte bereits einer anderen.

„Never mind I'll find someone like you."

Untauglich

Letztens war es so weit. Ich wurde zur Beziehungs-Musterung einberufen. Man wollte prüfen, warum ich meinen Dienst an der Beziehung noch nicht angetreten hatte. Diese allgemeine Beziehungspflicht scheint mir ja mittlerweile doch etwas veraltet und sollte meiner Meinung nach abgeschafft werden, aber offensichtlich geht man immer noch davon aus, dass ein Mensch ohne Partner nicht gefechtsfähig sei. Also wollten sie mal checken, was denn mit mir nicht stimmte. Ich musste meinen Liebes-Lebenslauf mitbringen und einen psychologischen Eignungstest ausfüllen. Dann saß ich einem steifen Herrn im grauen Anzug gegenüber, der die Ergebnisse durch seine schmale Brille begutachtete und nebenbei seine hässliche Krawatte glattstrich. Er säuselte lesend vor sich hin: „Ah ja, ich sehe schon, sehr lange Single, Wunsch nach Unabhängigkeit, mangelnde Kompromissbereitschaft, Angst vor Kontrollverlust, Unverbindlichkeit, hohe Ansprüche, Angst vor Verletzung. Das ist eindeutig." Er nahm einen enormen Stempel von seinem Schreibtisch und drückte ihn auf die erste Seite meiner Akte: BEZIEHUNGSUNFÄHIG.
„Sie sind untauglich", stellte er in kühlem Ton fest und legte meine Akte beiseite. Ich protestierte: „Wie bitte? Sie wollen mich ausmustern? Einfach so?" „Ihre Symptome sind unzweideutig. Sie haben Bindungsangst." „Und woran genau machen Sie das fest?", wollte ich wissen, denn die Methoden hier schienen mir etwas dubios. „Nun, Ihrem Liebes-Lebenslauf entnehme ich, dass Sie bis auf einige Affären

noch keine feste Beziehung hatten." „Ach", hakte ich ein „und eine Beziehung zu einem vergebenen Mann ist also keine Beziehung, oder wie?" „Nein, das zählt nicht", gab der Experte in Grau zurück, „vielmehr ist das ein weiteres Zeichen dafür, dass Sie sich nicht wirklich binden wollen." ‚Ich glaub' ich spinne', dachte ich und fragte etwas süffisant: „Achso, wie nennen wir das dann? Ein wechselseitiges Verhältnis?" Er ignorierte meine Anspielung: „Sie können und wollen sich nicht festlegen, das ist in Ihrem Test deutlich geworden." „Hören Sie mal, ich kann mich nicht mal festlegen, wenn ich ein Stück Butter oder eine Packung Kekse kaufen will. Und da habe ich wenigstens etwas zur Auswahl", echauffierte ich mich. Er blieb unbeeindruckt: „Sie sind nicht die Einzige mit zu hohen Ansprüchen. Das ist ein allgemein bekanntes Problem, diese ewige Suche nach dem Besten. Das wird vielen zum Verhängnis." Ich gab noch nicht auf: „Wieso tun eigentlich immer alle so, als ob täglich vor der Tür eine Palette mit Männern stünde, bei denen man an allen etwas auszusetzen hätte. Dem ist aber nicht so. Bevor ich mich also für oder gegen etwas entscheiden kann, muss es erstmal vorhanden sein." „Das mag sein", gab der steife Herr steif zurück und strich sich wieder über die Krawatte. Langsam bekam ich das Gefühl, sie hatten mir hier einen Roboter vor die Nase gesetzt. „Sie lassen ja aus Angst vor Verletzung erst gar niemanden an sich heran", floskelte er weiter. Ich wurde latent aggressiv: „Angst vor Verletzung? Jeder Mensch hat doch Angst vor Verletzung! Oder würde es Sie etwa erheitern, wenn ich Ihnen mal eben das Herz aus der Brust riss?", fragte ich ihn und dachte gleichzeitig

‚Wahrscheinlich hast du gar keins, du Korinthenkacker.'
„Und bevor Sie jetzt noch nach Gründen in meiner Kindheit suchen", fuhr ich fort, „ich hatte eine glückliche Kindheit, mir hat es nie an Liebe und Fürsorge gemangelt, also sparen Sie sich die Frage." Er schaute mich pikiert an. Aber ich war noch nicht fertig: „Sie bescheinigen mir also Beziehungsunfähigkeit, weil mir noch niemand begegnet ist, für den ich mein Single-Dasein aufgeben würde. Da hätte ich dann jetzt mal eine Frage: Was ist mit den Menschen, die in einer Beziehung leben, nur, um nicht allein sein zu müssen? Oder die, die sich die ganze Zeit streiten und sich das Leben gegenseitig zur Hölle machen, sind die etwa beziehungsfähiger?" Stille. Er saß noch immer stocksteif auf seinem Stuhl. Nur seine Hand verriet eine gewisse Unruhe, denn statt die Krawatte zu streicheln, fummelte er nun nervös mit den Fingerspitzen daran herum. Ich begann, Spaß an der Sache zu finden: „Ich werd' Ihnen jetzt mal was sagen. Etwas, was Ihr verbeamtetes Spatzenhirn anscheinend noch nicht bedacht hat und was Ihre dämlichen Küchenpsychologie-Tests nicht gemessen haben." Ich holte tief Luft und knallte ihm die Wahrheit auf den Tisch: „Ich kann gar nicht beziehungsunfähig sein, denn ich habe Beziehungen zu sehr vielen Menschen. Gute sogar. Ich habe eine wunderbare Beziehung zu meiner Familie. Ich habe herzliche Beziehungen zu lustigen Menschen, die ich Freunde nenne. Freunde, die mir zuhören und mir ihr Herz ausschütten, Freunde, die sich freuen, wenn ich nach langer Reise wiederkomme und mich mit Blumen vom Flughafen abholen, Freunde, die sich um mich

kümmern, wenn ich krank bin und Freunde, die mit mir *Ti amo* im Hotelbadezimmer grölen, mit der Zahnbürste in der Hand. Ich habe dauerhafte und erfüllende Beziehungen zu Menschen in weit entfernten Städten, ja sogar auf anderen Kontinenten. Und stellen Sie sich vor, ich habe sogar eine Beziehung zu meinen Topfpflanzen." Ich erhob mich von meinem Stuhl und baute mich vor seinem Schreibtisch auf. „All diesen Menschen gegenüber habe ich mich geöffnet, zu denen habe ich Vertrauen, da lasse ich Nähe zu, auf die habe ich mich festgelegt." Ich starrte ihn an und hatte das Gefühl, er wurde etwas kleiner in seinem Stuhl. „Die Beziehung zu meiner besten Freundin hält übrigens seit 30 Jahren. Also erzählen Sie mir nicht, ich sei beziehungsunfähig!", schnauzte ich heraus. Dann sah ich meine Akte, nahm sie in die Hand und zerriss sie vor seinen Augen. „Wissen Sie, was ich glaube? Ich glaube, die einzige Beziehung, die Sie jemals hatten, ist die zu Ihrer Krawatte. Und die sollten Sie mal ausmustern." Mit diesen Worten drehte ich mich um, ging erhobenen Hauptes zur Tür und schaute ihn noch ein letztes Mal mit einem zufriedenen Grinsen an: „Schönen Tag noch."

Ratatouille

Als ich noch ein junges Früchtchen war, grün mit rosa Bäckchen, das von Landlust nur die geringste Ahnung hatte, da träumte ich von dem Einen. Dem Einen, der mich pflücken und sanft in seinen Korb legen würde. Dem Einen, in dessen Korb ich reifen und verdorren würde.

Nun, dieser Eine kam nicht. Aber ich reifte dennoch, denn ich entdeckte das Gemüse. Entgegen meiner ursprünglichen Abneigung gegen den Gedanken, mehr als eine Art von Gemüse im Leben zu sich zu nehmen, fing ich an, Geschmack daran zu finden und probierte mich durch das Angebot. Es war wie auf einem Markt, wo einem hier und da ein Häppchen zum Kosten vor die Nase gehalten wurde. Junges Gemüse, reifes Gemüse, regionales und internationales Gemüse, mehr oder weniger knackig, immer mit dem Versprechen, dies sei das beste Gemüse, was einem je untergekommen sei. Natürlich fiel es schwer, da abzulehnen, denn man möchte ja nichts verpassen. Gut, hinterher beschwerte sich dann schon gelegentlich der Magen und fragte, ob es das jetzt wirklich gebraucht hätte. Was soll's, nun habe ich meine Gemüsekiste gefüllt und weiß dadurch, was mir schmeckt und worauf ich keinen Appetit habe. Mittlerweile bin ich kein grünes Früchtchen mehr. Aber auch noch kein altes Dörrobst. Gerade reif und saftig genug, um zu wissen, von wem ich wie vernascht werden möchte.

Liebesbrief an meine Wärmflasche

Geliebte Wärmflasche,

wenn mir früher Leute sagten, sie gehen nie ohne Gummi ins Bett, hielt ich sie für spießig. Heute kann ich mir eine Nacht ohne dich nicht mehr vorstellen.

Als ich dich das erste Mal unter meine Bettdecke ließ, war mir nicht bewusst, in welche Abhängigkeit mich dies führen würde. Wie konnte ich ahnen, dass ein so hässliches Ding mir so die Nacht verschönern kann? Verzeih mir diese Worte, aber mit dieser roten Gummihaut und dem riesigen Stöpselhals siehst du aus wie ein gerupftes Huhn. Dazu umgibt dich immer noch eine Aura von Krankheit und Schmerz. Kein schöner Anblick. Auch eine Verkleidung als Frosch oder Schaf ändert nichts daran. Doch aufs Aussehen kommt es bei dir nicht an. Du bist der Beweis dafür, dass innere Werte zählen.

Schon wenn ich dich kurz vorm Schlafengehen abfülle, erfasst mich ein wohliges Gefühl von Vorfreude auf das, was gleich zwischen uns passieren wird. Immer wieder aufs Neue freue ich mich auf unser kleines Ritual, wenn du ein paar Sekunden eher unter der Decke verschwindest, während ich noch das Fenster öffne, und du mir schon mal ein kleines Fleckchen anwärmst, damit die Kälte des unbesetzten Bettes mich nicht ganz so brutal trifft. Dieses Fleckchen bedeutet mir so viel. Und dann ist er da, der Moment, in dem du auf mir liegst, dich an mich schmiegst und mir zu verstehen gibst, dass du jetzt nur für mich da bist. Du gibst, ohne zu nehmen. Welch Wonne erfüllt mich, wenn wir so daliegen, Haut an Haut. Ich spüre, wie heiß du innerlich bist, verbrenne fast unter deiner Berührung. Wenn du mich anstrahlst und diese kalte Höhle unter den Daunen nach und nach in ein wohlig-warmes Nest verwandelst, dann weiß ich, warum es dich gibt. Wenn ich dein leises Gluckern neben mir vernehme, dann weiß ich, ich bin nicht allein. Ohne dich wären die Nächte einsam und eisig. Nie mehr möchte ich dich missen. Dich stören weder mein ausgeleierter Frottee-Pyjama noch meine babyblauen Wollsöckchen. Und du bist immer noch da, wenn ich morgens aufwache. Schlaff und lauwarm liegst du neben mir in deiner fleischfarbenen Nacktheit. Es ist genau diese Vertrautheit, fernab von Peinlichkeit, die ich so liebe.

Nur manchmal, in seltenen Momenten, wünschte ich, du hättest Ohren. Und Arme, die auch mich mal halten. Aber das ist wirklich nur manchmal.

Petition gegen öffentlichen Nahverkehr

Unterschreiben Sie jetzt für einen knutschfreien ÖPNV!

Ich bin ein sehr toleranter Mensch. Ich respektiere Menschen unterschiedlichster Kulturkreise und Hautfarbe, rege mich beim Autofahren nicht auf und gestehe allen Mitmenschen ein Daseinsrecht zu. Fast allen. Es gibt eine Gruppe von Menschen, da hört bei mir die Toleranz auf. Pärchen. Knutschende Pärchen. Direkt vor meiner Nase. In der U-Bahn.

Öffentlicher Nahverkehr, diese Bezeichnung scheinen viele Pärchen als Aufruf zu verstehen, öffentlich Verkehr zu haben. Das ist es jedoch nicht. Und für jeden Single und jede sonst wie einsame Person ist es eine Zumutung, in einer voll besetzten Bahn den konstant schmatzenden, sich aneinanderreibenden und verliebt anschauenden Pärchen ausgesetzt zu sein, nicht selten in einer Entfernung, die die Grenze zur eigenen Komfortzone durchbricht. Noch dazu in einem Umfeld, in der einem jede Ausweich- oder Fluchtmöglichkeit verwehrt ist. Damit muss jetzt Schluss sein!

Deshalb starte ich eine Petition für das Verbot von zärtlichen Zuneigungsbekundungen zwischen Geschlechtspartnern im öffentlichen Personennahverkehr.

Begründung:

Knutschen und Fummeln sind eine Privatangelegenheit und sollten somit im nicht-öffentlichen Raum stattfinden. Wenn nun aber Pärchen meinen, diese privaten Handlungen im öffentlichen Raum einer S-, U- oder Straßenbahn auszutragen, nötigen sie alle Mitfahrenden dazu, optisch und akustisch daran teilzuhaben. Manchmal, z.B. in der Rushhour, führt es sogar so weit, dass man als unbedarfter Fahrgast so dicht am Geschehen steht, dass man nicht nur deutlich die Speichelfäden sieht, die sich zwischen Zunge und Lippen der beiden entlangziehen, sondern sogar Angst haben muss, diese Zunge beim nächsten Bremsmanöver im eigenen Hals zu haben. Oder schlimmer, dass man sich beim ruckartigen Anfahren an einer Stange festhält, aber erst zu spät merkt, dass es die falsche ist.

Derartige private Handlungen gehören nicht in den öffentlichen Raum! Sie sind mindestens genauso unangebracht, wie sich in der U-Bahn die Fußnägel zu schneiden.

Neben der im doppelten Sinne körperlichen Nähe ist es zudem moralisch verwerflich, vor den Augen anderer seine Zuneigung auf so derbe Weise zu zeigen. Wer ÖPNV fährt, möchte nicht am emotionalen Zustand anderer Menschen teilhaben, sondern sich seinem trostlosen Dasein hingeben. Knutschende und verliebt tuschelnde Pärchen jedoch zeigen auf perfide Art und Weise der ganzen Welt ihre Emotionen. Sie glauben, sie befänden sich in einer rosaroten Blase, in der sie unsichtbar für ihre Mitreisenden ihre Gefühle austauschen können. In Wirklichkeit sind sie aber wie ein bunt geschmückter Wagen beim Rosen- montagsumzug, von dem sie mit Gefühls-Kamellen um sich werfen: schaut wie glücklich und verliebt wir sind, wie toll es ist, dass wir uns gefunden haben, wie großartig wir zusammenpassen und nein, nichts und niemand kann uns auseinanderbringen. Diese Kamelle treffen dann die Umstehenden, v.a. die Alleinstehenden, hart am Kopf und zeigen ihnen, was diese eben nicht haben. Sie schreien ihnen quasi ins Gesicht: *Du bist einsam! Dich nimmt niemand in den Arm! Du wirst auch die nächsten vier Jahre keinen Sex haben!* Das Ausmaß an seelischen Schäden, die dabei entstehen, ist noch gar nicht abzuschätzen. Hier erfordert es Zivilcourage! Menschen, die mutig dazwischen gehen und dem ungehinderten Knutschen Einhalt gebieten, zum Wohle der einsamen, ungeliebten Menschen im Waggon. Aber weil sich genau das offensichtlich niemand traut, braucht es ein Gesetz!

Das Knutschen muss aufhören! Pärchen sollen sich wie jeder vernünftige Mensch mit ihrem Handy beschäftigen oder trostlos aus dem Fenster starren. Sie haben kein Recht, die Zugfahrt für lustvolle Momente zu nutzen und ihr Glück zu mehren. Sie sollen sich beherrschen. Dieses Gesetz muss für alle gelten. Fast alle. Es gibt nur eine einzige Ausnahme. Ich. Frisch verliebt. Mit Partner. In der U-Bahn.

Unerwarteter Besuch

„Da steht eine Beziehung vor der Tür", sagte mein Leben nüchtern kurz nachdem es geklingelt hatte. „Sie will zu dir." „Zu mir?", ich schluckte. „Soll ich sie reinlassen?", fragte mein Leben, als es meinen ungläubigen Gesichtsausdruck sah. „Was will sie denn?", fragte ich skeptisch. „Naja, sie hat Gepäck dabei, sagt, sie möchte länger bleiben. Ich glaube, sie meint es ernst." Ich blieb regungslos sitzen und starrte mein Leben an. „Eine echte Beziehung?", meine Stimme klang brüchig. „Jaaaa?!", sagte mein Leben langgezogen, als verstehe es die Frage nicht, „Du tust ja gerade so als würde der Papst vor der Tür stehen." „Das wäre mir lieber", sagte ich und meinte es so. „Äh, Moment mal", mein Leben hakte nach, „jahrelang hoffst du darauf, dass auch zu dir mal eine Beziehung kommt, verfluchst die Affären dafür, dass sie nie lange bleiben und malst dir aus, wie schön es wäre, eine dauerhafte Beziehung im Haus zu haben. Nun steht eine vor der Tür und da willst du sie nicht reinlassen? Muss ich das verstehen?" „Naja, nicht reinlassen, so würd' ich das jetzt nicht sagen." „Soll sie im Hausflur übernachten, oder wie?" „Nein, aber das kommt jetzt schon sehr plötzlich." „Ach, sie hätte erst um eine Audienz bitten müssen! Um frühzeitige Anmeldung wird gebeten." „Nein, also...", ich druckste herum. „Wo ist dann bitte das Problem?", fragte mein Leben verständnislos. „Na man weiß doch nicht, was man sich da so ins Haus holt", versuchte ich zu erklären und legte meine Stirn in Falten, „Ich meine, vielleicht verwüstet sie ja nach kurzer Zeit die Wohnung, klaut etwas und verschwindet auf Nimmerwiedersehen. Und hinterlässt dann nichts als ihre dreckigen Fußspuren auf meinem Teppich." „Ja", bestätigte mein Leben, „oder sie sorgt für einen Tapetenwechsel, stellt einen Strauß Blumen hin und bringt endlich frischen Wind in die Bude." „Aber das kann mir ja keiner garantieren", gab ich zu Bedenken. „Nun, vielleicht solltest du vorher ein polizeiliches Führungszeugnis einholen und, um ganz sicher zu gehen, eine Wahrsagerin befragen." Ich wich dem süffisanten Blick aus, den mein Leben mir zuwarf. „Es muss nicht immer alles in Katastrophen enden, weißt du", schob mein Leben nun etwas sanfter hinterher, „es könnte durchaus sein, dass es gut geht." „Aber das ist selten.", sagte ich, „Schau dich doch um, überall Trennungen, Scheidungen, Kriege." Die Sorgenfalte auf meiner Stirn nahm beachtliche Ausmaße an, „selbst Brangelina sind nicht mehr zusammen." „Aber Tim und Struppi sind es noch", konterte mein Leben, „und selbst wenn sich herausstellen sollte, dass diese Beziehung nicht stubenrein ist, kannst du sie immer noch vor die Tür setzen." „Aber genau das will ich ja vermeiden", rief ich, „ich will nicht scheitern!" Mein Leben sah mich ernst an: „Du willst es also gar nicht erst probieren, nur, um nicht zu versagen? Interessante Einstellung. Aber dann heul nicht rum, wenn du das nächste Mal in der Bahn ein knutschendes Pärchen siehst." Wir schwiegen. Aus dem merkwürdigen Gefühl heraus, mich irgendwie rechtfertigen zu müssen, schob ich ein weiteres Argument hinterher: „Außerdem habe ich doch sowieso keine Zeit für eine Beziehung, wo soll ich die denn noch unterbringen?" „Nee, verstehe", sagte mein Leben und zeigte auf die Tür, „dann schick ich sie jetzt also wieder weg?" Ich nickte unmerklich. Mit hochgezogenen Augenbrauen und einem leicht enttäuschten *Na gut, du wirst schon wissen, was du tust* im Blick dreht sich mein Leben um.

„Warte!", irgendein innerer Impuls ließ mich aufspringen. „Ich weiß doch gar nicht, wie ich sie empfangen soll", stotterte ich. „Wie wär's mit einem Glas Wasser und was zum Knabbern", schlug mein Leben vor, „der Rest ergibt sich. Vertrau mir." „Lieber Wein", sagte ich und lief hektisch zum Kühlschrank. Mit einer Pulle Weißwein bewaffnet stand ich im Raum, strich mir kurz durchs Haar, richtete meine Kleidung und atmete tief durch: „Na gut, dann mal los." „Das wird schon", beruhigte mein Leben mich, „aber tu mir bitte einen Gefallen, gib ihr eine Chance und verprell' sie nicht gleich, ok?" Ich zog einen Mundwinkel nach oben um zu signalisieren, dass ich für nichts garantieren konnte. Dann öffnete mein Leben die Tür.

Wie sie da so stand, diese Beziehung, sah sie immerhin recht vielversprechend aus. Ja sogar ansprechend. Sie war ordentlich gekleidet und roch gut. Und Manieren hatte sie auch. „Ich will mich gar nicht aufdrängen", sagte sie gleich als erstes, „ich meine, ich bin auch nicht perfekt und habe sicher einige Macken, aber ich würde es gerne mal probieren." Das beruhigte meine flatternden Nerven schon etwas. „Ja dann komm doch erstmal rein", sagte ich höflich und tat das Undenkbare: Ich ließ eine Beziehung zur Tür herein.

Und damit auch das Chaos. Plötzlich saß ich ganz vorne in der Emotions-Achterbahn und schlitterte von Hochgefühlen direkt in panische Abgründe und wieder zurück. Bauchkribbeln und Magenkrämpfe waren nicht mehr auseinanderzuhalten. Nachts lag ich hellwach, der ganze Körper in Alarmbereitschaft, und das nur, weil plötzlich jemand neben mir schlief, der vorhatte zu bleiben. Tagsüber erwischte ich mich dabei, wie ich die Beziehung nach Anzeichen für Fehlerhaftigkeit scannte: die falschen Schuhe, eine unpassende Geste, eine komische Bemerkung. „Siehst du, das passt nicht", sagte ich dann zu meinem Leben und listete die Dinge auf, die nicht mit meiner Anforderungsliste übereinstimmten. Mein Leben lachte spöttisch und zog aus seinem Ärmel eine Schriftrolle, die sich bis auf den Boden entrollte. „Siehst du, das passt", grinste es mich an, während ich die Aufzählung all der Punkte las, die sehr wohl in meiner Anforderungsliste standen. Plus unzähliger positiver Add-ons. „Vielleicht solltest du deinen Fokus mal etwas anders setzen", sagte mein Leben, „jedenfalls reicht deine lächerliche Liste nicht für eine Verbannung dieser Beziehung. Ich sehe keine unüberbrückbaren Differenzen. Du solltest lieber zusehen, dass du dich mit ihr arrangierst, ich glaub' nämlich, die hat's echt drauf." Mit diesen Worten drückte mir mein Leben die Schriftrolle in die Hand und empfahl sich.

Eingeschüchtert schielte ich auf das seidenmatte Papier. Jeder der schnörkellos geschriebenen Punkte schien mir mit Unschuldsmiene zu sagen: ‚Dagegen ist tatsächlich nichts einzuwenden'. Ich blickte auf die erbärmliche Liste in meiner anderen Hand. Und zerknüllte sie.

„Ähm, da steht schon wieder diese Beziehung vor der Tür", sagte mein Leben vorsichtig, „ich nehme an, ich soll sie nicht reinlassen?" „Nein", antwortete ich ernst und fügte grinsend hinzu: „Sie hat einen Schlüssel."

Das private Leben

Midlife ist eine schöne Gegend

„Sind wir etwa schon da?", fragt mein Leben und starrt auf das Schild am Ende meines 35. Geburtstags: *Willkommen in Mittelleben!* steht da in schnörkelloser Schrift. Und darunter: *Wir wünschen einen angenehmen Aufenthalt!* Jetzt sind wir schneller angekommen als erwartet. Diese Gegend zwischen 35 und 45 war immer irgendwie so weit weg, das war das Land der Erwachsenen, die Hochebene der Gesetzten, jener Berufstätigen mit Familie, die wissen, wo sie hingehören und bei denen man sich mit Mitte 20 nur schwer vorstellen konnte, da jemals dazuzugehören. Aber plötzlich sind wir drin. Einfach so. Kein Türsteher. Keine Zollkontrolle. Keine Eignungsprüfung. „Na dann schauen wir uns doch mal um", sage ich motiviert und voller Entdeckerdrang, „ist gar nicht so spießig hier, wie ich es mir vorgestellt hatte." „Wie cool ist das denn", höre ich mein Leben rufen und sehe, wie es auf einer kleinen Anhöhe steht und durch ein Fernglas schaut. „Man kann auf einiges zurückblicken, hat aber auch noch genügend Raum nach vorn. Wobei, der Blick in die Zukunft ist leider etwas verschwommen." Im Gegensatz zur Kindheit und Jugend, wo man immer nur dem nächsten Geburtstag entgegenfieberte und es nicht erwarten kann, älter zu werden, sind wir jetzt an einem Punkt, an dem es Spaß macht, auch mal nach hinten zu gucken. Denn da, wo vorher nur ein leerer weißer Raum war, ist nun eine Galerie voller Erinnerungen und Erfahrungen. Da hängen Mobilés mit lustigen und traurigen Momenten, Bilder von Menschen, die uns begegnet sind und Skulpturen von Dingen, die wir geschaffen haben. Alles Sachen, die uns ausmachen. „Ich finde unsere Galerie ziemlich schön", muss ich gestehen. „Tja", erwidert mein Leben gönnerhaft wie ein erfolgreicher Kunstsammler, „ich habe mir auch sehr viel Mühe gegeben bei der Zusammenstellung." Dabei war mein Leben nicht nur Sammler, sondern auch Künstler. Es hat mich geformt wie einen Knethaufen. Jede Erfahrung hat eine Delle hinterlassen, und das Schöne ist, dass ich mittlerweile meine eigene Form erkennen kann, die Form meiner Persönlichkeit. „Jetzt bist du kein labberiger Knödel mehr", sagt mein Leben augenzwinkernd und knufft mich in die Seite. „Du hast jetzt eine Einstellung. Zu dir und zu mir." Es ist wahr, ich kann mittlerweile mit Bestimmtheit sagen, was ich will und was ich nicht will, kann einschätzen, was ich kann und was ich besser lassen sollte und schere mich nicht mehr wirklich darum, was andere von mir denken. „Ehrlich gesagt möchte ich nicht mehr 25 sein", überlege ich. Diese Wildwasserraftingtour brauche ich nicht nochmal. Da scheinen mir die ruhigeren Gewässer in Mittelleben doch deutlich angenehmer. Selbst wenn wir hier noch mit dem Gummiboot unterwegs sind, statt wie andere mit einem Hausboot. „Ich habe auch noch kein Schild gesehen, dass das hier eine spaßfreie Zone ist", stelle ich fest. „Im Gegenteil!" ruft mein Leben. „Gerade weil uns nichts mehr peinlich ist, können wir ungehindert auch mal kindisch sein!" Und so tanzen wir barfuß und quiekend durch den Brunnen, drücken unsere Nase von innen an das Fenster eines Cafés und freuen uns diebisch über die lachenden Passanten draußen, die uns bemerken. Das scheint eine ganz schöne Gegend zu sein, dieses Mittelleben. Uns plagen noch keine Wehwechen, die Sicht wird nicht mehr von Naivität verklärt und wir machen Erfahrungen viel bewusster. „Aber glaub nicht, dass deine Entwicklung jetzt vorbei ist", mahnt mein Leben. „Iwo!", rufe ich und renne mit ausgebreiteten Armen durch das Feld mit dem Klatschmohn. Und höre dabei nicht mehr, wie mein Leben murmelt: „Genieße es, ich bin mir sicher, dass es auch hier trockene Täler gibt."

Die perfekte Welle

Das Leben ist ein Ozean. Wir können darin untergehen. Oder wir können auf den Wellen tanzen. Aber wir müssen uns hineinstürzen.

Also habe ich einen Surfkurs gebucht und warte gerade auf meinen Surflehrer, der mir erklären soll, wie man auf dem Meer des Lebens richtig wellenreitet.

Ich denke zurück an meine erste Begegnung mit diesem Meer. Als Baby habe ich auf allen Vieren am sicheren Strand geplanscht, da war das Wasser noch türkis und kristallklar und die Wellen nur weicher Schaum. Das Schlimmste, was mir passieren konnte, war, dass meine Windel auch von außen nass wurde. Dann, als ich laufen konnte, habe ich wagemutig die ersten Schritte hinein ins Wasser getan und gejauchzt, als mir das Leben in kleinen Wellen an den Bauch klatschte. An den Tropfen, die mir ins Gesicht spritzten, merkte ich zum ersten Mal, dass dieses Wasser ziemlich salzig ist, aber es kümmerte mich nicht weiter. Vor den größeren Wellen bin ich fröhlich kreischend davongelaufen oder meine Mutter hat mich über sie hinwegfliegen lassen.

Je größer ich wurde, desto größer wurden auch die Wellen. Das Meer wurde unruhiger. Da bekam ich zum ersten Mal ein Brett unter den Bauch geklemmt und durfte unter Begleitschutz von Papa und Mama weiter hinein in die Fluten. Meine Eltern haben für mich die guten Wellen ausgesucht, sie haben mich im richtigen Moment angeschoben und dann bin ich stolz auf meinen ersten eigenen sanften Wellen dahingeglitten. So machte das Leben Spaß!

Aber nun ist die Schonzeit vorbei. Das Wasser zeigt sich immer öfter aufgewühlt und undurchsichtig, es fordert mich heraus. Jetzt ist es an der Zeit, dass ich mich weiter hinaus traue. Hinaus zu den echten Wellen.

„Ab jetzt musst du allein entscheiden, welche Welle du nimmst." Mein Surflehrer steht plötzlich hinter mir und drückt mir ein solides Brett in die Hand (wobei ich ehrlich gesagt mehr an seinem Brett von Bauch interessiert bin). Dann erklärt er mir die Grundlagen, wie man sich auf dem Meer des Lebens richtig bewegt: „Du musst das Wasser immer im Blick haben, um deine Welle rechtzeitig zu erkennen. Und wenn du glaubst, eine gute Welle entdeckt zu haben, dann musst du anfangen zu paddeln, denn die Welle wartet nicht auf dich. Selbst wenn die Welle dich trägt und du in einem Hochgefühl auf ihr reitest, weißt du nie genau, wohin dich diese Welle bringen wird. Manche tragen dich sehr weit, manche sind nur kurz, andere zu hoch und einige schlagen über dir zusammen. Lass dich nicht entmutigen und paddle wieder hinaus, warte auf die nächste Welle und beginne von vorn. Aber warte nicht auf die perfekte Welle. Denn du weißt vorher nie, welche Welle sich zu einer perfekten Welle entwickeln wird. Nutze weniger gute Wellen einfach zum Üben. Jede Welle lehrt dich etwas und hilft dir, aus der nächsten noch mehr herauszuholen."

Das klingt alles sehr anstrengend, denke ich. Als ob er meine Gedanken gelesen hat, fügt mein Surflehrer hinzu: „Natürlich kannst du dich auch ewig treiben lassen, das ist bequem und kostet dich keine Energie.

Aber dann wirst du irgendwann stranden und musst umso mehr Kraft aufbringen, wieder hinaus zu paddeln." „Sehe ich das richtig, dass einfach am Strand sitzenzubleiben also keine Option ist?", frage ich vorsichtig. „Doch, das ist die Option für Feiglinge, die nichts erleben wollen. Die, die sich mit Kleckerburgen zufriedengeben. Oder die, die starr eingebuddelt darauf warten, bis es vorbei ist." „Naja", sage ich, „ein bisschen Abenteuer hätte ich schon gern." Mein Surflehrer fährt fort: „Es wird auch Zeiten geben, in denen lange keine Welle kommt und du auf deinem Brett scheinbar sinnlos vor dich hindümpelst. Sei geduldig. Verliere nicht den Mut. Nutze die Zeit, um Kraft zu sammeln und dich zu orientieren. Denn es wird wieder eine Welle kommen. Und dann ist es besser du bist bereit zum Paddeln."

Ich schaue auf das Meer vor mir und bin fest entschlossen, es zu zähmen. „Das Meer ist nicht dein Gegner", bemerkt mein Lehrer in diesem Moment, „es ist dein Freund. Es kommt nur darauf an, dass ihr auf der gleichen Wellenlänge seid." Na gut. „Das ist alles, was ich dir an Rat mitgeben kann. Und jetzt rein mit dir ins Leben!" Ich klemme mir mein Brett unter den Arm und marschiere geradewegs auf das Wasser zu. „Stell dich den Wellen! Und hör niemals auf zu paddeln!"

Ich suche nach meiner Berufung
Mein Leben nicht

„Wo ist denn eigentlich...?" „Was suchst du denn jetzt schon wieder?", fragt mein Leben. Ich bin ständig auf der Suche nach etwas: Sinn, Erfüllung, Glück. „Na die Berufung! Die muss doch hier irgendwo sein..." Wir stehen mitten in der Pampa und ich studiere die Landkarte, aber außer ein paar Talenten und Leidenschaften am Wegesrand finde ich nichts. „Bist du sicher, dass es diesen Ort überhaupt gibt?", fragt mein Leben. „Es muss ihn geben, schließlich erzählen ja immer wieder Leute davon." Ich frage mich, warum mein Leben sich bei der Reiseplanung nie darum gekümmert hat. „Naja, ich dachte, wir finden da schon irgendwie hin." Haben wir aber bisher noch nicht. Wir haben unzählige Wege genommen, sind oft auch querfeldein gelaufen, aber an der Berufung sind wir nie vorbeigekommen. „Ich habe das Gefühl, dass wir jetzt genug ausprobiert haben, meinst du nicht?", frage ich. „Unser Lebensweg gleicht einer Serpentine. Wir müssen doch jetzt mal wissen, wo wir hinwollen." „Wir müssen gar nichts", patzt mein Leben zurück.

Ich komme mir mittlerweile vor wie ein Landstreicher, der ohne Ziel durchs Land zieht und überall, wo es ihm gerade gefällt, etwas verweilt. „Aber das waren doch immer ganz schöne Stationen, wo wir so waren", sagt mein Leben. Wir haben uns durch das Land der Berufe etwas treiben lassen, sind nie der Hauptstraße gefolgt, sondern auf Nebenstraßen entlang, immer nach dem Motto *Das sieht nett aus, lass uns da lang gehen.* Immer haben wir eine berufliche Bleibe gefunden. Meinem Leben war es dabei stets wichtig, dass das Gefühl und die Leute stimmten, das Feng Shui sozusagen. Ich habe mich stattdessen um die Hard Facts gekümmert, den Mietvertrag und ob es sicher war. Und dann haben wir uns für eine Weile häuslich eingerichtet. Aber irgendwann wird es meinem Leben in jeder noch so schönen Hütte langweilig. Dann wälzt es sich wie ein bockiges Kind auf dem Boden und brüllt: „Ich will hier nicht mehr bleiben, es ist laaaangweiiiliiiig. Ich will was Neues. Was Spannendes. Und was zum Spielen." „Und Schokolade, ich weiß", sage ich dann. Also ziehen wir wieder los, folgen den Hinweisschildern am Wegesrand, nehmen interessante Abzweigungen und finden in der nächsten Herberge etwas, was uns die Vorige nicht bieten konnte.

„Ich bereue unseren beruflichen Streifzug nicht", sage ich, „aber ich möchte irgendwann auch mal ankommen". Da lacht mein Leben: „Angekommen sind wir, wenn wir tot sind." „Glaubst du denn nicht, es gibt das eine Haus, in dem man sich so wohl fühlt, dass man nie wieder ausziehen möchte, in dem einfach alles stimmt?", frage ich hoffnungsvoll. „Ich glaube, dass ankommen Stillstand bedeutet. Und ich glaube an die Worte eines gewissen James H. Austin: ‚Chance favors those in motion', der Zufall bevorzugt die, die in Bewegung sind." Mein Leben redet sich heiß: „Natürlich wäre es bequem, in einer Herberge zu bleiben, die sicher und warm ist und in der man sich einigermaßen wohl fühlt. Aber solange ich weiß, dass der Weg vor der Tür weiter geht, dass es da draußen noch so viel zu entdecken gibt, solange kann ich nicht in meinem Sessel bleiben. Ich brauche die Herausforderung, ich will Berge erklimmen und Täler durchschreiten. Wer weiß, welche spannenden Orte wir noch entdecken, von denen wir vorher gar nichts wussten. Und vielleicht schickt uns der Zufall irgendwann auch zur Berufung."

Ich dachte immer, in unserem Alter sollte man es zu etwas gebracht haben. Und wenn es schon keine eigene Familie ist, dann wenigstens beruflicher Erfolg. „Jetzt kommst du wieder mit diesen belanglosen Floskeln! Wo nimmst du die nur immer her? Aus Frauenzeitschriften, oder was?", mein Leben verdreht die Augen, „Was heißt denn schon Erfolg? Den definierst doch einzig du selbst für dich. DU musst zufrieden sein, darum geht's. Du bist die einzige, vor der du dich rechtfertigen musst. Und außerdem, solange wir uns auf dieser Reise nur um uns selbst kümmern müssen, weil wir eben keine Kinder im Gepäck haben, sollten wir diese Freiheit doch genießen." Da hat es mal wieder recht, mein Leben.

„Also findest du unser Nomadendasein nicht komisch?", frage ich. „Absolut nicht!", gibt mein Leben zurück, „ich finde, wir sind wenigstens unserem Bauchgefühl treu. Und an jeder Station lernen wir etwas dazu, wir entwickeln uns weiter. Vielleicht ist das ja die Berufung. Der Weg ist das Ziel." Es ist erstaunlich, wie rational mein Leben manchmal sein kann. Und wie forsch: „Jetzt hör auf, auf die Karte zu starren und guck lieber, ob du da vorne nicht einen Pfad siehst, auf dem wir unsere Fußstapfen hinterlassen können."

Hinterm Komforthorizont

Achtung! Sie verlassen nun die Komfortzone
stand in großen, grellen Lettern an einer
überdimensionalen Warntafel am Ende des Weges.
Mein Leben und ich hatten uns bis hierhin
durchgeschlagen, durch Dickicht und Gestrüpp, denn
feste Wege gab es nicht. Wenn wir unterwegs Leute nach
der Grenze der Komfortzone fragten, zuckten sie
entweder mit den Schultern oder winkten eilig ab, als
ginge es um ein Gebiet, in dem man sich besser nicht
aufhielte. Doch wir waren unserem Gefühl gefolgt und
nahmen die zunehmend unbequemer werdenden Wege,
bis wir schließlich an diesem verlassenen Grenzposten
ankamen. Eine Schranke, ein heruntergekommenes
Wächterhäuschen und ein Grenzstein markierten den
Übergang vom Land der Gemütlichkeit und Gewohnheit
zum Land der unsicheren Möglichkeiten. „Na bitte, da
wären wir", stellte mein Leben zufrieden fest, „war doch
gar nicht so schwer." In diesem Moment trat aus dem
winzigen Verschlag ein grimmig blickender Mann mit
Schnauzbart, der seine altertümliche Uniform
zurechtrückte und uns musterte. Offensichtlich der
Grenzwächter. „Ham'se sich verlaufen?", fragte er, als ob
die bewusste Entscheidung für eine Grenz-
überschreitung völlig unrealistisch war. „Nein, nein",
erwiderte mein Leben und fügte schelmisch hinzu: „Wir
wollen mal rübermachen." Dabei lachte es grunzend
über seinen eigenen Witz. Den Grenzwächter
beeindruckte das wenig: „Na wenn'se meinen. Der Spaß
wird Ihnen schon noch vergehen." Mein Leben wurde

sofort wieder ernst und auch ich schaute etwas skeptisch auf die andere Seite der Schranke. Doch ich konnte nichts erkennen. Eine Wand aus Milchglas blockierte den Blick auf das, was sich wohl in diesem ominösen Land hinter dem Komforthorizont verbarg. „Dann isses aber meine Pflicht, Sie auf die Gefahren hinzuweisen", sagte der Schnauzbart und zog eine Broschüre aus seiner Brusttasche. „Bitte lesen'se dit aufmerksam durch." Er reichte uns das Papier. WARNHINWEIS war darauf zu lesen und darunter eine Liste mit potenziellen Gefahren: „Mit dem Verlassen der Komfortzone verlassen Sie gewohntes und sicheres Gebiet. Der Eintritt in die Gefahrenzone erfolgt eigenverantwortlich und bedeutet ein nicht vorhersagbares Risiko. Sie müssen mit dem Auftreten von Unerwartetem und Unplanbarem rechnen und demzufolge mit erhöhter Anstrengung und Unbequemlichkeit. Außerdem werden Sie in hohem Maße mit Ängsten konfrontiert. Der Aufenthalt in der Gefahrenzone erfordert ständige Überwindung. Zutritt erhält nur, wer über seinen eigenen Schatten springt. Für eventuelle Schwankungen Ihres Wohlbefindens wird keine Haftung übernommen."

Ich ließ den Zettel sinken. „Ähm, wollen wir nicht vielleicht doch lieber hierbleiben?", fragte ich vorsichtig, „Ich meine, es lebt sich doch ganz gut hier." „Ach Quatsch, den Mutigen gehört die Welt", flötete mein Leben. „Aber hier weiß ich, was ich hab. Wozu muss ich mich denn unnötigen Risiken und Anstrengungen aussetzen?" „Weil Bequemlichkeit dich nicht weiterbringt. Neue Erfahrungen kannst du nur da draußen machen." Mein Leben deutete auf das unsichtbare Gebiet hinter der Schranke. Mir war nicht wohl dabei: „Aber da weiß ich doch gar nicht, was mich da erwartet." „Eben", sagte mein Leben, „das macht es ja so spannend. Denn stell dir vor, es könnten ja auch wundervolle Dinge passieren. Unerwartet ist nicht immer negativ. Du könntest neue Impulse bekommen, die dich inspirieren, Menschen treffen, die dich begeistern, Erlebnisse sammeln, die dich beflügeln. Wer nicht wagt, der nicht gewinnt." „Kann schon sein", erwiderte ich, „aber der Einsatz ist ziemlich hoch und der Gewinn nicht garantiert." „Siehste", schaltete sich der Grenzwächter ein, „geht schon los mit den Ängsten. Also für mich wär' dit nix. Ick mach den Job hier seit 36 Jahren und ick bin zufrieden. Ick brauche die Aufregung nich. Ick hab' lieber meine Ruhe." „Naja, zur Ruhe kann man ja immer wieder zurückkehren", sagte mein Leben, „die Komfortzone als Basislager sozusagen. Aber zwischendurch sollte man schon das ein oder andere Abenteuer erleben." „Ach, dit ganze Tamtam braucht doch keener." Der Herr in Uniform war nicht zu überzeugen. „Tja", meinte mein Leben, „das Problem ist, dass Adrenalin und Dopamin leider nur außerhalb der Komfortzone gehandelt werden." „Mir ist dit ausländische Essen sowieso immer suspekt", sagte der Schnauzbart und schaute auf die Uhr. „Mittagszeit, ick hol mal meine Stulle."

Mein Leben und ich standen an der Schranke und schauten ins Ungewisse. Ich verspürte ein wenig Abenteuerlust in mir aufsteigen, aber eine Sache wollte ich noch wissen. „Was genau bringt mir das?", fragte ich und mein Leben blickte mich strahlend an. „Was dir das bringt? Nun, um es kurz zu sagen: Wachstum, Erfahrungen, Glücksgefühle, Erinnerungen." „Also gut, dann lass es uns wagen. Was kann uns schon passieren?", mutig wendete ich mich zum Aufbruch. „Jedenfalls nichts Schlimmes", antwortete mein Leben und pfiff nach dem Grenzwächter. Dieser kam kauend und mit seiner Stulle in der Hand aus seinem Verschlag geschlendert und schaute fragend. „Hätte der Herr wohl die Güte, uns die Schranke zu öffnen?", sprach mein Leben salbungsvoll. Der Angesprochene bekam große Augen und hörte mit dem Kauen auf: „Echt jetze?", mampfte er. „Jawoll, auf, auf!", rief mein Leben. „Aber halt", der Grenzwächter wurde ernst, „Passkontrolle. Ihr müsst erst über euren Schatten springen." Ich hatte keine Ahnung, wie das funktionieren sollte, aber wir positionierten uns vor unserem Schatten und auf drei sprangen wir gemeinsam. Der Schatten blieb tatsächlich hinter uns. „Ihr meint es wirklich ernst", staunte der Grenzkollege, „na denn gute Reise, die Herrschaften! Da bin ick ja mal gespannt!" Er kurbelte quietschend die Schranke hoch und winkte uns hinterher, während wir abenteuerlustig die ersten Schritte ins Unbekannte machten.

Auf magische Weise eröffnete sich plötzlich vor uns der Weg und am Wegesrand tauchten jubelnde Menschen auf, die uns anfeuerten und wie bei einem Marathonlauf kleine Trinkflaschen herüberreichten. Wie sich herausstelle, waren in diesen Fläschchen unsere ersten wohldosierten Rationen Adrenalin.

Anders als erwartet war der Weg eben und ohne Hindernisse, die gefürchteten Gefahrenstellen waren nirgends erkennbar, stattdessen wurde unser Gehirn geflutet mit neuen positiven Eindrücken. In unserem Kopf ratterte, blitzte und zischte es, wir konnten förmlich spüren, wie im Sekundentakt neue Synapsen gebildet wurden. Mit jedem Kilometer überraschten wir uns selbst. Wir probierten Neues aus. Wir kamen mit Menschen ins Gespräch, wo wir doch dachten, wir seien schüchtern. Bei der Routenplanung ließen wir uns von unserem Gefühl leiten, um dabei festzustellen, zu welch wunderbaren Orten uns das führte. Wir sahen es als Herausforderung und nicht als Hürde, passende Transportmittel und Herbergen zu finden. Sich in diesem fremden Land allein durchzuschlagen und zu merken, wie einfach das war, reichte schon, um jegliche Ängste vergessen zu lassen. All die Gespenster und Monster, gegen die ich glaubte, kämpfen zu müssen, hatten sich in Luft aufgelöst. Stattdessen begegneten uns täglich neue, wunderbare Erlebnisse. Wir machten Erfahrungen, die man nur fernab der Komfortzone machen kann. Und das Beste war: Dopamin gab es kostenlos an jeder Ecke. Aber noch etwas wurde hier reichlich ausgeschenkt: Selbstbestätigung. Das Gefühl, an jedem Schritt gewachsen zu sein. Wir hatten gewagt und wir hatten gewonnen.

Die Gefahrenzone wurde zum Abenteuerland, in das wir nun häufig Ausflüge unternahmen. „Ah, ihr schon wieder", waren die Worte des Grenzwächters, immer wenn er uns kommen sah und für uns die Schranke hochkurbelte. Jedes Mal, wenn wir zurückkehrten und er uns fragte, was wir zu verzollen hätten, öffneten wir den großen Koffer mit den Erlebnissen, die zu unbezahlbaren Erinnerungen geworden waren und berichteten ihm ausführlich von den bunten Eindrücken, den wunderbaren Freunden, die wir gefunden hatten und der Erkenntnis, dass sich immer neue Türen öffnen, sobald man einmal den Weg eingeschlagen hat.

Irgendwann ließ er die Schranke einfach offen und winkte uns freudig und mit erhobenem Daumen durch. Und eines Tages war er nicht mehr da. Das Häuschen stand verlassener als je zuvor. Keine Spur von unserem Schnauzbart. Bis auf einen Zettel, der an der geöffneten Schranke klebte. Auf der Broschüre mit dem Warnhinweis hatte er mit Kugelschreiber eine Nachricht hinterlassen: *Wollte dann auch mal rübermachen. Danke für alles! Man sieht sich!*

Mein Leben will keine Kinder
Ich schon

„Dieser gutaussehende Mann da mit dem Kind auf dem Arm, der so lässig den Kinderwagen schiebt, das könnte meiner sein." „Isser aber nicht", gibt mein Leben flapsig zurück. Wir stehen am Bahnhof des Lebens, weil ich mich mal nach den Reisemöglichkeiten mit der Destination Kinder erkundigen will. Ich habe nämlich das Gefühl, der Zug ist schon abgefahren. „Da kommt schon noch einer", sagt mein Leben, „dein Zug hat einfach Verspätung." „Aber was ist, wenn er erst in fünf Jahren kommt? Will ich dann da noch mitfahren? Mit 40? Und wer weiß, ob dann mein Ticket überhaupt noch gilt." Darauf kann ich mich also nicht verlassen. Außerdem fehlt mir ja sowieso noch die passende Reisebegleitung. Ich schaue mein Leben an: „Das war eigentlich deine Aufgabe, sich darum zu kümmern." Mein Leben weicht aus „Ich hatte halt einfach so viel anderes zu tun. Aber wir können ja mal in der Bahnhofshalle schauen, vielleicht wartet da auch jemand auf seinen Zug." Super, mein Leben stellt sich das immer alles so einfach vor. Ich frage mich, ob ich jetzt alle meine Energien in das Auftreiben einer passablen Reisebegleitung stecken soll, inklusive Annoncen in Zeitschriften und Internet, bloß weil ich unbedingt diesen einen Zug nehmen will. Und selbst wenn ich eine Reisebegleitung finde, dann will ich doch erst noch eine Weile mit ihr, also ihm, am Gleis stehen und rumknutschen und ein bisschen Backpacking machen um zu testen, ob wir für eine solche lange

Zugfahrt überhaupt geeignet sind. Nur, wie soll man das in Ruhe genießen, wenn hinter einem dieser Zug steht und aus den Lautsprechern eine warnende Stimme ruft: *Achtung, Türen schließen!*

Aber eigentlich muss ich mir darum gar keine Gedanken machen, denn wie ich das einschätze, hat mein Leben den Punkt *Finden einer Reisebegleitung* nicht auf der Prioritätenliste. Also muss ich mich nach alternativen Reisemöglichkeiten umschauen, Singlereisen zum Beispiel.

Die Dame von der Auskunft muss gar nicht lange suchen. Offensichtlich bin ich nicht die erste Alleinreisende mit diesem Reiseziel. „Der schnellste und unkomplizierteste Weg wäre über die Samenbank", sagt sie routiniert. „Jetzt bleib aber mal sachlich!", platzt mein Leben heraus. „Wieso, das ist doch naheliegend", gebe ich zurück, aber mein Leben sieht das anders. „Dann können wir ja gleich per Anhalter fahren. Da weißt du auch nicht, wer anhält." „Naja, bei der Samenbank kann ich ja schon gewisse Wünsche zum Fahrzeug äußern", sage ich. „Prima", sagt mein Leben, „dann kriegst du vielleicht einen vollgetankten Wagen in Rot, aber wer weiß, was der für Leichen im Kofferraum hat. Und außerdem sind wir für die ganze Reise auf uns allein gestellt. Keiner da, mit dem man sich beim Fahren abwechseln kann." Hm, stimmt. Klingt nicht so prickelnd.

„Wie wäre es mit Adoption?", frage ich die Dame am Schalter. Doch die schüttelt den Kopf: „Tut mir leid, das ist ein Sonderzug, da dürfen nur Ehepaare mitfahren. Als Single haben Sie da keinen Zutritt. Und selbst wenn

Sie noch einen Partner finden, die Wartezeit für solche Tickets ist sehr lang." „Kannste streichen", sagt mein Leben.

„Es gäbe noch die Möglichkeit eines Leihwagens", schiebt die Dame hinterher, „ein Pflegekind bekommen Sie auch als Single. Dafür brauchen Sie nur eine extra Portion Engagement und Nerven." Wir überlegen. Leihwagen haben ja oft schon ein paar Macken. Und eigentlich muss man sie irgendwann wieder abgeben. Das müsste man sich nochmal genau überlegen.

Ich sehe schon, die Reise *Eigene Kinder* wird wegen zu geringer Teilnehmerzahl abgesagt und die Alternativangebote sprechen mich nicht wirklich an. Bleibt also nur: weiterhin alleine verreisen und schlimmstenfalls als schrullige Alte zu enden, die sich über die zu lauten Blagen im Abteil aufregt. „So weit darf es nicht kommen", bitte ich mein Leben und denke darüber nach, wie es ist, alle Freiheiten zu haben, aber eben auch niemanden, der einen an Weihnachten besucht, wenn man alt ist. „Kinder zu haben, heißt nicht, dass sie einen besuchen", wendet mein Leben ein. Da hat es recht.

„Ich hätte da noch ein Sonderangebot", unterbricht die Dame unsere Gedanken, „das Freunde-Ticket. Da können Sie mitnehmen, wen Sie wollen. Eine Art Fahrgemeinschaft. Das ist gerade sehr beliebt bei Alleinstehenden mit demselben Reiseziel." Klingt interessant. „Und Sie haben nicht den Druck, auf den perfekten Reisepartner zu warten, der sich auf halber Strecke dann doch als suboptimal herausstellt." Vielleicht ist es tatsächlich einfacher, ein Kind zu erziehen, wenn man sich nicht gleichzeitig noch darum kümmern muss, die große Liebe aufrecht zu erhalten. Aber bei Fahrgemeinschaften weiß man auch nicht, ob nicht einer zwischendurch aussteigt oder die Richtung ändert.

„Also mich überzeugt das alles nicht", sagt mein Leben schließlich und fragt: „Müssen wir das jetzt entscheiden?" „Naja, wie du siehst sind alle Angebote nur eine bestimmte Zeit gültig. Also entweder wir steigen irgendwo ein oder wir bleiben hier", antworte ich. „Hm. Du scheinst mir aber jetzt auch nicht um jeden Preis diese Reise antreten zu wollen", liest mein Leben aus mir heraus. Völlig richtig. „Also warum lassen wir den Dingen nicht ihren Lauf und schauen uns schon mal nach Reisezielen um, bei denen *Windeln wechseln* und *Spielplatz* nicht auf dem Programm stehen, die aber vielleicht auch ganz nett sind." „Hilft ja nix", sage ich, „ich wollte ja auch nur mal sichergehen, dass ich alle Reisemöglichkeiten bedacht habe. Aber erzwingen will ich auch nichts." „Es wird trotzdem lustig. Wir haben ja uns", resümiert mein Leben, „lass mich nur mal kurz einen Blick in die Bahnhofshalle werfen."

The grass is greener on the other side

„Ich beneide dich schon manchmal um dein Leben", sagt meine Freundin jedes Mal, wenn wir uns sehen. Sie meint mein Single-Dasein, das sie selbst vor einigen Jahren für Mann und Kinder hinter sich gelassen hat. „Tja, und ich beneide dich manchmal um deines", gebe ich ehrlicherweise zurück. Warum nur hat man eigentlich Sehnsucht nach dem, was man eben gerade nicht hat?

Es kommt mir vor, als seien wir Schafe, die immer auf die Wiese *hinter* dem Zaun schielen und zu sehen glauben, dass das Gras dort deutlich grüner und die Schafe darauf auch irgendwie vergnügter sind als wir. Ich zum Beispiel stehe allein auf meiner Single-Wiese, beiße lustlos ins Gras und wenn ich mampfend aufschaue, sehe ich drüben auf der Weide eine glückliche Schaf-Familie einträchtig beim gemeinsamen Abendessen. Sie blöken fröhlich und angeregt vor sich hin, während ich nebenbei Kreuzworträtsel löse, um die Ödnis des Alleine-Grasens erträglich zu gestalten. Ein anderes Mal komme ich gerade von der Tränke mit einem befreundeten Schaf und schlendere allein Richtung Stall, als ich sie wieder sehe. Die Lämmer quieken und glucksen vor Freude, weil Vater Schaf wie wild mit ihnen herumtollt, bevor er sich zu Mutter Schaf stellt und ihr zärtlich in den Nacken beißt. Ich lege mich in mein Stroh und denke, das Einzige was mich beißt, sind Flöhe. Wieder ein anderes Mal komme ich morgens von einer durchblökten Nacht, in der ich keinen Bock hatte, weil nur so blöde Hammel unterwegs waren. Ich sehe, wie die verschlafenen Lämmlein sich zwischen Mama und Papa Schaf kuscheln und leise blöken, wie lieb sie sie haben. Ich versuche mir einzureden, dass mein Stroh mich auch liebhat.

Gelegentlich stehe ich mit Mutter Schaf am Gatter und erzähle ihr, was ich so sehe und wie schön ich das finde. Dann lacht sie, verdreht die Augen und sagt: „Ja, so eine Familie hat schon was. Ich möchte sie auch nicht missen. Aber ich glaube, du hast bisher nur die halbe Wahrheit gesehen. Was du nicht gesehen hast, sind die endlosen Diskussionen mit den Lämmern beim Abendessen, wer was wie zu essen hat und wer wann warum aufstehen darf. Wie oft ich mich mit Vater Schaf in der Wolle habe über seine Erziehungsmethoden oder über banale Fragen, wie der Stall zu führen ist. Die Energie, die es kostet, sämtliche Interessen dieser Familie unter einen Hut zu bekommen. All das hast du nicht gesehen, aber auch das passiert hier."

Ich denke gerade darüber nach, wie mein Hirn diese nicht so glanzvollen Dinge offensichtlich ausgeblendet hat, als Mutter Schaf nachschiebt: „Weißt du, was ich sehe, wenn ich auf deine Wiese rüber schaue, während mir gerade mal wieder eines der Lämmer ans Bein pieselt?" Ich nicke erwartungsvoll. „Ich sehe, wie frei und kompromisslos du auf deiner Wiese herumspringst. Du kannst tun und lassen, was du willst, ohne, dass du auf irgendein Schaf Rücksicht nehmen musst. Ich sehe, wie du Ruhe und Zeit für die Dinge hast, die dir Spaß machen. Du kannst dir die Nächte um die Ohren schlagen und danach ungestört ausschlafen. Und ich nehme nicht ohne Neid wahr, wie du hemmungslos flirtest und aufregende Abenteuer erlebst, während ich schon jetzt kaum noch besprungen werde. Und wenn, dann immer von demselben. Wenn ich also dein Leben sehe, würde ich manchmal gerne mit dir tauschen." „Na so toll ist das mit dem ständigen Alleinsein auch wieder nicht und diese Abenteuer sind manchmal echt anstrengend", versuche ich zu relativieren. „Du dagegen hast ein sicheres Nest."

Wir stehen wie bedröppelte am Gatter und wissen nicht mehr, was wir wollen. Der Blick wandert von der eigenen Wiese zur Wiese hinter dem Zaun und zurück. Das Gras auf der anderen Seite scheint plötzlich nicht mehr ganz so grün, dafür leuchtet die heimische Weide an einigen Stellen sichtbar mehr. Mutter Schaf wird nachdenklich: „Ich habe die Single-Weide ja damals bewusst verlassen. Hätte ich es nicht getan, würde ich jetzt genau wie du da stehen und sehnsüchtig herüber schauen." *Die Sehnsucht lässt alle Dinge blühen. Der Besitz zieht alle Dinge in den Staub*, hat Marcel Proust mal gesagt", philosophiere ich und resümiere: „Vielleicht sollten wir uns mehr auf die saftigen Fleckchen im eigenen Feld konzentrieren, uns der eigenen Wiese gegenüber etwas dankbarer zeigen und zu schätzen wissen, was sie uns Gutes hergibt." „Ja, das sollten wir", stimmt Mutter Schaf mir zu. „Und das geht leichter, wenn man weiß, was man woanders verpasst. Also komm doch demnächst mal zu unserem harmonischen Familien-Abendessen vorbei. Du darfst die süßen Lämmlein danach auch ins Bett bringen." Mutter Schaf grinst mich wissend an. „Abgemacht. Aber nur, wenn du mit mir mal wieder nachts um die Tränken ziehst und nach Hammeln für mich Ausschau hältst." Ich grinse wissend zurück. Es ist gar nicht so schlecht, jemanden auf der anderen Seite zu kennen. Das Grün des Grases wird dadurch nuancierter.

Die Büchse der Pandora

„Schau mal, was ich dir mitgebracht habe", ruft mein Leben aufgeregt und stellt mir freudestrahlend ein kleines buntes Holzkästchen hin. Es ist über und über beklebt mit Bildern von süßen Babys. Babys zahnlos lächelnd, Babys engelsgleich schlummernd, Babys drollig die Ärmchen streckend. Dazu Fotos von glücklichen Kleinfamilien. Verstrahlte Muttis mit nuckelndem Säugling, stolze Vatis mit juchzenden Würmchen, einträchtige Eltern mit bravem Spross. „Was soll das?", frage ich verstört, „machst du jetzt Werbung für Windeln, oder was?" „Och", mein Leben verdreht enttäuscht die Augen, „nein, das ist das, was dich als nächstes erwartet." „Fängst du jetzt auch schon an?", frage ich mein Leben ernsthaft. Seit ich eine vielversprechende Beziehung habe, wird mir auffallend häufig die scheinbar für diesen Lebensabschnitt zwingende Frage angetragen: „Und? Hochzeit? Baby?" Nun war offensichtlich auch mein eigenes Leben auf diesen Zug aufgesprungen. „Ich wollte dir das nur ein bisschen schmackhaft machen", sagt es vorsichtig. „Hat dich die Familienministerin geschickt oder wie kommst du jetzt darauf? Gibt's da Provision für jede erfolgreiche Schwangerschaft?" Ich blicke mein Leben herausfordernd an. „Quatsch! Ich dachte nur, naja, dein Time-Slot, also der wird schließlich immer schmaler", sagt es und fügt mit verstellter Flughafen-Stimme hinzu: *„Letzter Aufruf für Passagiere über 35, bitte lassen sie umgehend die Verhütung weg.* Haste nicht gehört?" „Laut und deutlich", erwidere ich, „aber das heißt nicht, dass ich sofort alle Schleusen öffne und selig lächelnd den Gedanken umarme, von nun an Mutter zu sein." Mein Leben setzt eine Unschuldsmiene auf und säuselt: „Naja, ‚sofort‘ muss ja auch nicht sein, aber du könntest dem Gedanken wenigstens schon mal freundlich zunicken und ihm den Aufenthalt in deiner Nähe erlauben." „Er wird geduldet", sage ich mit der kühlen Abgestumpftheit eines Beamten der Ausländerbehörde. „Na immerhin", freut sich mein Leben, „dann steht DEM hier ja nichts mehr im Weg." Mit einem Verkäuferlächeln schiebt es mir sanft das Kästchen zu: „Na los, mach schon auf!" „Spinnst du", rufe ich und springe auf. „Das ist die Büchse der Pandora! Einmal geöffnet, kriegst du sie nie wieder zu! Weißt du denn nicht, was das bedeutet?", ich reiße die Augen auf, „dann fallen Verantwortung und Sorgen, Verpflichtungen und Erschöpfung über dich herein wie Heuschrecken über ein Feld. Wenn ich die aufmache, wird nichts mehr sein wie vorher. Diese wunderbare Leichtigkeit des Seins, die Ungezwungenheit, die Freiheit, all das wird überzogen von einer schweren Masse aus Fremdbestimmtheit, Planungszwang und Pflichten. Als würde man eine Wildblumenwiese asphaltieren." Panik spricht aus meinen Augen. „Na jetzt übertreib mal nicht", versucht mein Leben mich zu beruhigen, „und sieh‘ lieber das Positive. Kinder geben einem auch ganz viel zurück." „Ja", sage ich trocken, „Kacka und Kotze." „Und viele wunderbare Glücksmomente, so wie hier auf den Bildern", mein Leben deutet auf das Kästchen. „Das ist ja wohl eindeutig eine Mogelpackung", schimpfe ich, „was ist mit Geschrei, Schlafmangel, zerstörten

Beziehungen? Das ist da nicht abgebildet, aber das ist da drin. Ich lass' mich doch nicht für dumm verkaufen!"

Wir schweigen. Dann füge ich ruhig hinzu: „Weißt du, der Nachteil ist, dass ich einfach schon zu viele Erfahrungen von anderen Müttern gehört habe. Nicht eine einzige hat als allererstes freudestrahlend gesagt ‚Ach, das ist soooo schöööön mit einem Kind. Das macht sooo viel Spaß! Ich bin ja soooo glücklich!' Mittlerweile glaube ich einfach, Kindergeburtstage mit Lillifee-Motto und Spielplatzbesuche mit Mutti-Monologen, das ist nicht meine Welt. Mich schreckt das ab, was ich da sehe."

Mein Leben mustert mich nachdenklich: „Hm. Merkwürdig. Du wolltest doch immer Kinder." „Ja, als ich noch unwissend war." „Kann es sein, dass du schlichtweg Angst hast, weil da etwas auf dich zukommst, das du nicht kontrollieren kannst?" Ich blicke gedankenvoll aus dem Fenster. „Ich möchte meine Wildblumenwiese nicht verlassen", sage ich. „Aha, mir scheint, es ist mal wieder Zeit für eine Reise hinter den Komforthorizont", mein Leben grinst mich an, „denn wer sagt denn, dass es dort nicht auch Wildblumen gibt? Und vielleicht sogar solche, die du noch gar nicht kennst." Vorsichtig nimmt mein Leben das Holzkästchen und hält es mir hin. „Also, du hast die Wahl. Du kannst das Kästchen jetzt ungeöffnet auf den Kaminsims stellen. Aber sei dir bewusst, dass es sich ab einem bestimmten Zeitpunkt nicht mehr öffnen lässt. Und dann wirst du dich vielleicht irgendwann, wenn du alt und runzlig in deinem Ohrensessel sitzt, fragen, was da wohl drin gewesen wäre." Mein Leben macht eine bedeutungsvolle Pause: „Oder du riskierst demnächst mal einen Blick." Ich lege den Kopf schief und schaue mein Leben schmunzelnd an: „Du weißt schon, dass *nur mal kurz reinschauen* bei dieser Box nicht geht, oder?" Mein Leben zuckt verschmitzt mit den Schultern und grinst unschuldig, „Ja dann..."

Mein Alltag

7.30 Uhr. Die Musik meines Weckers reißt mich aus der Traumwelt. Kaum, dass ich die Augen einigermaßen geöffnet habe und mein Gehirn seine Arbeit langsam aufnimmt, sehe ich ihn schon am Bettrand stehen. Meinen Alltag. In einem dunkelblauen, etwas zu kleinen Anzug steht er da, frisch gestriegelt und voller Erwartung, wie ein Schulkind vor dem ersten Schultag. „Guten Morgen", sagt er motiviert. Wie jeden Morgen. Mit seinem Klemmbrett in der Hand wippt er ein wenig ungeduldig auf den Fersen auf und ab und wartet, bis ich mich aus dem Bett gepellt habe. Ich weiß genau, was jetzt kommt. Er hat schon alles vorbereitet. Darum nimmt er mich an die Hand und ich folge ihm schlurfend ins Badezimmer. Jeden Tag hat er ein Programm für mich, jeden Tag die Abläufe genau durchgeplant. Er macht das sehr liebevoll. Nur, es ist jeden Tag dasselbe Programm. Die Abläufe sind jeden Tag identisch. Anziehen, frühstücken, zur Arbeit fahren, arbeiten, nach Hause fahren, essen, Haushalt, duschen, schlafen. In dieser Hinsicht hat mein Alltag etwas Zwanghaftes, ja fast Autistisches. Es muss alles genau so gemacht werden wie am Tag davor. Schon bei kleinen Abweichungen wird er nervös und kommt aus dem Konzept. Irgendwie tut er mir leid, wie er so gefangen ist, und ich möchte ihn zwicken, herausholen aus seiner Mühle, ihn fordern. Aber wie?

Sobald ich kurz innehalte um zu überlegen, wie ich ihn überraschen könnte, hat er mich schon wieder am Arm gepackt und sanft zum nächsten Programmpunkt geschoben. „Es muss ja doch gemacht werden", sagt er dann schulterzuckend. „Aber können wir denn nicht mal was anders machen?", frage ich. „Muss es immer so sein wie am Tag davor?" „Manchmal ist das Wetter anders", gibt mein Alltag zurück, als ob diese Tatsache Veränderung genug sei. Ich bleibe hartnäckig: „Mein Gehirn wird doch gar nicht mehr richtig gefordert, wenn es nur Dinge tut, die es schon hundertmal getan hat, immer in derselben Abfolge." „Naja, warum bitte solltest du dich auch VOR dem Duschen abtrocknen wollen? Das macht ja gar keinen Sinn. Oder auf dem Fahrrad Zähneputzen, das ist glaube ich nicht erlaubt." Ich verdrehe die Augen, weil mein Alltag so verstockt ist. „Sei froh, dass du mich hast", sagt er dann, „ich gebe deinem Tag Struktur." „Besten Dank", erwidere ich, „aber ich bevorzuge das kreative Chaos." „Weißt du, wieviel Energie es kosten würde, jeden Tag neu zu überlegen, was alles ansteht und in welcher Reihenfolge es am sinnvollsten zu erledigen ist?" „So schlimm kann das nicht sein", gebe ich zurück, „kein Abenteurer weiß vorher, was der Tag für ihn bereithält. Kein Abenteurer erlebt zweimal denselben Tag." „Das vielleicht nicht, aber auch Abenteurer müssen sich die Zähne putzen." Alltage sind so realistisch.

Manchmal möchte ich mich auf den Boden setzen wie ein stures Kind, das keine Lust hat, den stumpfsinnigen Aufforderungen der Eltern nachzukommen. Dann träume ich von einem Leben im anarchischen Reich der Alltagslosen, wo die lästigen Routinen von kleinen Alltags-Gnomen, sogenannten Routiniers, übernommen werden und man selbst endlos Zeit hat, Luftschlösser zu bauen, Schmetterlingen hinterherzujagen oder Purzelbäume zu schlagen. Paradiesisch. Aber sogleich steht mein Alltag neben mir und ermahnt mich zu mehr Disziplin.

Es scheint, als müsse ich mich mit ihm arrangieren. Vielleicht ist ja gerade er das Abenteuer. Abenteuer Alltag, so sagt man doch. Vielleicht muss ich nicht ihn ändern, sondern meine Einstellung zu ihm. Er ist ja schließlich nur für die Abläufe zuständig, die Inhalte darf ich immer noch selbst gestalten. Vielleicht muss ich also dem sturen Kind in mir einfach ein wenig mehr Spaß bieten, damit es den Aufforderungen nachkommt. Ein Tänzchen beim Zähneputzen. Beim Kochen Podcasts hören. Vielleicht muss ich einfach versuchen, die betonierten Pfade meines Alltags etwas zu begrünen, ein paar bunte Blumenkästen hier und da aufstellen. Auf dem Heimweg spontan vom Fahrrad in den Fluss springen. Oder einfach direkt zum Kino weiterfahren. Wenn ich also in seine Abläufe gelegentlich kleine Prisen Freude, Spontanität und ein Quäntchen Verrücktheit streue, dann bewahrt mich das vor dem gefürchteten Abstumpfen, ohne dass ich seinen Job gefährde.

„Zeit zum Abendessen", ruft mein Alltag und tippt dabei mit dem Stift bedeutungsvoll auf sein Klemmbrett. „Na gut", sage ich und lasse mich diesmal bereitwillig von ihm an die Hand nehmen. Schließlich warten auf mich ein paar Luftschlösser, die ich gleich aus den Löchern im Käse bauen werde.

Morgenqualen

Morgens früh um sechs Uhr zwanzig
bin ich gewöhnlich noch recht ranzig.
Der Wecker stört im Schlafe mich,
doch stört dieses den Wecker nicht.
Er schreit mir gnadenlos ins Ohr:
„Komm unter deiner Decke vor!
Der Tag ist da, vorbei die Nacht!
Hopp, hoch mit dir und aufgewacht!"

Ich öffne zaghaft meine Lider,
die schließen sich jedoch gleich wieder.
Der Fuß wagt einen Blick nach draußen,
doch packt ihn da das nackte Grausen.
Aufgrund der Morgenluft der kalten,
rät er mir, mich bedeckt zu halten.
Na gut, denk' ich, und dreh mich noch mal um.
Und wünsche mir mein Wecker wäre stumm.

„Holladrio, ein schöner Morgen,
wohlan, es gibt viel zu besorgen!"
Ermahnend sagt er mir die Zeit,
ich bin jedoch noch nicht so weit.
An Motivation muss es mir fehlen,
sonst würde ich mich nicht so quälen.
Das Hirn schickt keinerlei Signale,
es herrscht noch Nacht in der Zentrale.

Nur die Vernunft, ganz in der Tiefe,
weiß was geschäh', wenn ich verschliefe.
Mit zarten Worten der Erweckung
holt sie mich aus der warmen Deckung.
Ihr Stimmchen spricht bedacht und weise:
„Beende langsam die Traumreise.
Vergiss nicht: aufstehen musst du sowieso,
denn du musst nämlich mal aufs Klo."

Sonntag ist ein Arsch

„Ich möchte den Sonntag verklagen!", sagte mein Leben mit echter Überzeugung im Blick. Wir saßen bei einem Anwalt für öffentliches Recht, den sich mein Leben im Internet gesucht hatte, weil es der Meinung war, man müsse endlich mal etwas gegen diesen miesen Sonntag unternehmen. „Sie möchten den Sonntag verklagen?", fragte der Herr im Anzug höflich und schaute mich verwirrt an. Ich zuckte nur mit den Schultern, denn diese Idee war nicht auf meinem Mist gewachsen, obwohl ich die Sache durchaus unterstützte.

„Jawoll. Verklagen. Dem Sonntag gehört das Handwerk gelegt!", mein Leben schlug mit der flachen Hand auf den Tisch. „Nun ja", begann der Anwalt, „was wollen Sie ihm denn zur Last legen?". Als hätte es auf dieses Stichwort gewartet, zog mein Leben einen sorgfältig gefalteten Zettel aus der Hosentasche, entfaltete ihn und las bedeutungsvoll vor: „Es handelt sich um folgenden Sachverhalt: Regelmäßig am letzten Tag der Woche tritt der Sonntag jeweils für 24 Stunden in Erscheinung und sorgt dabei bundesweit bei einem Großteil der berufstätigen Bevölkerung für Verstörung, meist im Zeitraum zwischen Aufwachen und Zubettgehen. Dazu bedient er sich folgender Mittel:

- Heuchelei. Vortäuschung eines Ruhetages mit anschließender Abfrage des geschafften Tagespensums

- Erpressung zur sinnvollen Nutzung der zur Verfügung gestellten Stunden

- Illegale Verbreitung depressiver Verstimmung durch Erregung von Angst vor der anstehenden Woche und durch Anstiftung zum Grübeln über den Sinn des Lebens"

Mein Leben war offensichtlich gut vorbereitet und sah sich wohl schon im Gerichtssaal dem Schurken das Handwerk legen.

„Nun", räusperte sich der Anwalt und schob mit dem Finger seine Brille hoch, „das ist jetzt kein wirklicher Tatbestand." „Hören Sie", mein Leben ließ sich nicht entmutigen, „das Wohl einer ganzen Nation hängt davon ab! Wie sieht es denn bei Ihnen aus? Wie ist denn Ihr Verhältnis zum Sonntag?" Mein Leben beugte sich über den Tisch und sah den Anwalt eindringlich an. „Das tut doch nichts zur Sache..." „Antworten Sie!" befahl mein Leben und der Anwalt druckste perplex herum: „Nun, ich äh, mag ihn eigentlich auch nicht sonderlich. Er ist mir unsympathisch." „Ha!", mein Leben sprang auf, „Unsympathisch. Ein heuchlerischer Arsch, das ist er!" Geladen vor Wut tigerte mein Leben durch das Büro des Anwalts. „Prahlt mit seiner Sonderstellung, nur weil er mal in der Bibel erwähnt wurde. Am siebten Tag sollst du ruhen. Pfff. Das ist doch verlogen!" Der Anwalt schaute mich besorgt an, doch ich zog nur kurz die Augenbrauen hoch, bevor mein Leben weiter vom Leder zog: „Denn eigentlich will er dich gar nicht ruhen lassen. Morgens macht er noch einen auf Gönner: ‚Nee, schlaf ruhig aus, erhol dich mal, tu mal einfach nichts, das ist ok.' Und dann am Nachmittag fängt er ganz scheinheilig an zu fragen, was du denn schon so geschafft hast." Mein Leben redete sich in Rage: „Denn schließlich sei das ja der einzige Tag der Woche, an dem du mal die Dinge erledigen kannst, zu denen du sonst nicht kommst. Außerdem sei ja morgen schon wieder Montag und dann geht das Hamsterrad wieder los und deshalb wäre es doch wirklich besser, wenn du die Zeit nutzen würdest." Mein Leben blieb stehen, fokussierte den Anwalt und wurde laut: „Wie soll man sich denn da erholen, wenn man so unter Druck gesetzt wird?"

„Aber es zwingt Sie doch keiner, etwas zu erledigen, Sie können doch..." setzte der Anwalt an, doch mein Leben hörte ihn nicht und fuhr fort, wie ein Staatsanwalt, der in sein Plädoyer vertieft war. „Der Samstag, das ist eine ehrliche Haut. Er macht dir nichts vor. Beim Samstag weißt du, dass er dich zum Putzen der Wohnung anhalten wird und zum Einkaufen schickt. Da ist er verlässlich. Am Abend hat er sogar meist noch etwas Nettes mit dir vor, einen Drink mit Freunden oder Kino oder sowas. Der Samstag überzeugt mit einer gewissen Struktur und Geschäftigkeit." Mein Leben hielt für einen Moment inne: „Der Sonntag hingegen...Stillstand. Leere. Kein Baumarkt, der geöffnet hat. Keine Shoppingmall, in der man sich in den Konsum stürzen könnte. Stattdessen sitzt da dieser Sonntag, gestriegelt und aalglatt wie ein Versicherungsvertreter vor einer Tasse Filterkaffee und stellt einem mit falschem Lächeln Fragen, die man nicht beantworten kann: Wer bin ich? Was tue ich eigentlich? Wo will ich hin? Sollte ich lieber etwas anderes tun? Macht das alles überhaupt Sinn? Warum bin ich allein? Warum bin ich mit diesem Typen zusammen? Bin ich glücklich?" Mein Leben blieb stehen und schaute pathetisch. „In dem Moment, in dem der Sonntag seinen kunstledernen Aktenkoffer öffnet, tut sich ein großes schwarzes Loch auf." Der Anwalt schwieg und blickte erwartungsvoll. „Der Sonntagsdepri", flüsterte mein Leben, „steigt aus diesem Abgrund hervor und legt sich wie ein grauer Schleier über den Rest des Tages. Plötzlich erscheint dir alles hoffnungslos, plötzlich graut dir vor der kommenden Woche und all seinen Aufgaben, plötzlich wird dir die Endlichkeit des Wochenendes und seine allzu kurze Erholungs-möglichkeit bewusst. Du spürst, wie dir die Zeit durch die Finger rinnt, nicht nur die 48 Stunden des Wochenendes, sondern jede einzelne Minute deines Lebens. Lebst du überhaupt, fragst du dich. Was kommt da noch? Außer dem Berg Bügelwäsche. Du wirst niedergedrückt von der Last dieser existentiellen Fragen und sehnst dich nach dem Abend, in der Hoffnung, dass das Grauen dann vorbei ist. Zeitig schlafen gehen ist dein einziger Ausweg. Oder der Tatort." Wie ein Panther schlich mein Leben auf den Anwalt zu: „Was glauben Sie, warum so viele Menschen Tatort gucken? Damit sie von ihrem eigenen elenden Dasein abgelenkt werden. Der Tatort wurde doch nur erfunden, um das schwarze Sonntagsloch zu füllen."

Mein Leben stützte sich mit beiden Händen auf den Schreibtisch, beugte sich vor und fokussierte den Anwalt: „Und jetzt sagen Sie mir, ist das alles Sonnenschein und Lebensfreude?" Der Anwalt, der mittlerweile ehrfürchtig in seinem Stuhl versunken war, schüttelte kaum merkbar den Kopf. „Sehen Sie", rief mein Leben, „der Sonntag erfüllt seine Aufgabe nicht! Das ist Amtsmissbrauch! Und jetzt verklagen Sie ihn endlich!" Mein Leben ließ von seinem Opfer ab und setzte sich. „Ich, ich, äh,", stotterte der Anwalt, „ich schau mal, was ich machen kann. Und an wen ich die Klageschrift richten muss." „Sie sind unser Mann! Verknacken Sie den Burschen!", mit diesen Worten sprang mein Leben wieder auf, schüttelte dem Anwalt die Hand und ging Richtung Tür. „Wenn Sie noch weitere Beweise oder Zeugenaussagen benötigen, sagen Sie Bescheid. Das wird ein Präzedenzfall, aber die Menschen werden es Ihnen danken! Au revoir!"

Als wir draußen auf der Straße waren, schaute ich mein Leben respektvoll an und staunte: „Du hättest Anwalt werden sollen. Dein Plädoyer da gerade war echt filmreif." „Ach was", winkte mein Leben ab, „man muss nur überzeugt auftreten, dann wird man auch ernst genommen. Wir haben jedenfalls den ersten Schritt getan, um diesen miesen Sonntag zur Strecke zu bringen. Ich seh' schon die Schlagzeile in der BILD: *Sonntag im Knast! Der 7. Tag soll nun ruhen.*"
„Aber", wagte ich vorsichtig zu fragen, „wer nimmt denn dann eigentlich seinen Platz ein? Ich meine, gibt es einen Nachfolger, einen Vize-Sonntag oder so? Oder gehen wir dann direkt von Samstag auf Montag über?" „Hm", mein Leben überlegte, „das wäre ja auch blöd. So ganz ohne Sonntag. Vielleicht sollten wir lieber noch einen Tag einführen, also zusätzlich. Einen Samsonntag. Oder

einen Smonntag. Das wäre doch schön. Ich werde mal herausfinden, wer da zuständig ist." Mit diesen Worten stapfte es davon. Manchmal hat mein Leben echt komische Ideen.

Emotions-Ödnis

Wäre mein Leben die Linie eines EKG-Geräts, wäre ich schon tot. Keine erkennbaren Ausschläge, weder nach oben noch nach unten. Meine Emotionskurve ist ein einziger Emo-Strich, der sich durch meine Gefühlslandschaft zieht wie eine texanische Sandstraße durch endlose Ödnis. Kein *Himmelhochjauchzend* und kein *Zutodebetrübt* verirrt sich mehr in mein Leben. Es hat sich wohl schon rumgesprochen, dass hier nix mehr los ist. Früher war das anders. Da ging's ab. Und auf. Neue Jobs, neue Wohnorte, neue Männer. Jeden Tag stand eine Herausforderung in der Tür, und entweder man bewältigte sie (Auf) oder eben nicht (Ab). Seit ich jedoch 30 bin, scheint mich das Leben nicht mehr herauszufordern. Stattdessen serviert es mir einen langweiligen Alltag aus *Zur Arbeit fahren – Arbeiten - nach Hause fahren - Feierabend gestalten – Schlafen*. Nur ruft diese Monotonie einfach keine starken Emotionen in mir hervor. Ich spüre nichts. Woher auch: Kein Partner, der mich in Wallungen versetzt, keine Kinder, die mich zur Verzweiflung bringen, nicht mal mobbende Kollegen. Emotionale Ebbe.

Also hole ich mir brauchbare Gefühlsmomente aus der Konserve: aus Filmen und Büchern, vorwiegend romantischen. Da gibt es wenigstens häppchenweise Herzschmerz und Glück. Und manchmal, wenn sich das Leben allzu dürr anfühlt, gönne ich mir auch eine Prise Depression. Hausgemacht. Ein bisschen Schluchzen, ein bisschen Selbstmitleid, ein bisschen Drama. Nur um mich zu vergewissern, dass ich noch zu Gefühlen fähig bin. Ganz ehrlich, ich beneide manchmal streitende Pärchen. Denn da ist was los in der Gefühlspfanne, da brodelt's und kocht's wenigstens mal. Ich dagegen stehe wie eine lauwarme Nudelsuppe abseits des Emotionsherdes und kühle immer weiter runter.

In solch allzu schalen Momenten klopft mir gelegentlich die Vernunft auf die Schulter und hält altkluge Vorträge darüber, dass ich mich doch nicht beklagen könne, dass es mir doch gut gehe, dass ich doch froh sein soll über so ein entspanntes Leben. Naja, sage ich dann, lebe ich denn überhaupt? Lebendig fühlt sich anders an. Ich vegetiere emotional dahin. Gefühlssiechtum. Braucht die Seele nicht die Auf's und Ab's wie das Meer die Gezeiten? Stehende Gewässer fangen irgendwann an zu müffeln und kippen um. Das will ich ja auch nicht. Müffeln. Da muss man also mal ein bisschen frische Luft unterrühren. Natürlich könnte ich mich kontemplativ über mein Dasein freuen. Einfach so glücklich sein. Vor mich hin lächeln oder gar erquickend lachen. Aber mal ehrlich, da komme ich mir immer so esoterisch verstrahlt vor. Alleine depressiv geht irgendwie leichter als alleine fröhlich.

Emotionaler Ausschlag wird eben nur durch andere Menschen hervorgerufen (gut, in Einzelfällen auch durch nichtfunktionierende Technik). Was ist also zu tun? Tja, ich könnte mir einen Partner anschaffen, oder Kinder, oder beides. Einen Job mit miesen Vorgesetzten und fiesen Kollegen suchen. Alte Wunden in der Familie aufreißen. Irgendwie sowas.

Vielleicht versuche ich es aber auch einfach nur mit ein bisschen Freude. Freude über das Frühlingsgrün, Freude über ein unerwartetes Lächeln auf der Straße, Freude über ein im Grunde gelungenes Leben. Das sollte doch reichen, um auf meinem Gefühls-EKG wenigstens leichte Wellen zu verursachen. Wellen nach oben. Nach unten muss ja auch gar nicht sein.

Ablenkung

Die Ablenkung ist wie eine Kellnerin, die ständig mit einem Tablett voller neuer Häppchen vorbeikommt, während man versucht, einem Vortrag zu lauschen.

Gerade hatte ich mich hingesetzt, um in Ruhe einen Text zu schreiben, da klingelte es an der Tür. Mein Leben öffnete mit einem freudigen *Willkommen*, und kam mit seiner guten Bekannten, der Ablenkung, herein. Bestens gelaunt und laut lachend ließ sie sich neben mich auf die Couch fallen. Ihr Blick landete direkt auf dem herumliegenden Fotobuch. „Oh, Urlaubsbilder? Zeig mal!", rief sie voller Entzücken und blätterte neugierig durch die Seiten. „Ach wie schön! Das war bestimmt toll!"

„Was machst du denn schon wieder hier?", fragte ich wenig begeistert über ihren Besuch. „Ich wollte euch noch was zeigen", sagte sie, nahm ungefragt meinen Laptop und googelte einen Artikel über das Beziehungsende von Helene Fischer und Florian Silbereisen. „Hier lies mal", sie hielt mir den Bildschirm hin und meine Augen fingen tatsächlich an zu lesen. „Moment mal", erwischte ich mich, „das ist doch total unwichtig." „Ja, aber man muss doch manchmal auch über die seichten Dinge des Lebens informiert sein, jetzt sei mal nicht so kritisch."

Ich öffnete wieder die noch leere Seite mit meinem zu schreibenden Text und versuchte, meine Gedanken zu sortieren. „Könnte ich wohl was zu trinken haben?", kam es von der Seite. Da auch mein Glas leer war, stand ich auf und kochte Wasser. Die Ablenkung folgte mir in die Küche. Ihr Blick fiel abfällig auf einige braune Blätter an meiner Palme und sofort bemühte ich mich, diese zu entfernen. „Die braucht wohl mal wieder Wasser", sagte sie spitz. Ich griff prompt zur Gießkanne und machte meine Runde durch die häusliche Flora. Als ich im Arbeitszimmer am Wäscheständer vorbeikam, bemerkte die Ablenkung völlig richtig: „Ich glaube, die ist trocken."

Eine Viertelstunde später lagen sämtliche Socken mit ihren Partnern vereint im Schrank. Ich nahm meine Tasse Tee und setzte mich wieder vor meinen Computer. Die Seite war noch immer weiß. Bereit zum Angriff legte ich die Hände auf die Tastatur und machte mit den Fingern ein paar kurze Dehnübungen. „Oh, deine Nägel gehören aber auch mal wieder gestutzt, was?" Die Ablenkung schaute etwas pikiert auf meine Hände, „mach's lieber gleich, sonst vergisst du's." Sie hatte Recht. Also ging ich ins Badezimmer, um das Notwendige zu tun. Beim Blick in den Spiegel fiel mir auf, dass auch die Augenbrauen zu wuchern begannen und ich schloss eine Zupforgie an.

Als ich zurück ins Wohnzimmer kam, saß mein Leben mit der Ablenkung über meinen Laptop gebeugt, beide lachten sich schlapp. „Das musst du dir ansehen, zum Piepen!", riefen sie und machten neben sich Platz, damit auch ich das Video über lustig lachende Babys anschauen konnte. Dann klickten wir aus Neugierde noch auf das Video mit den 10 größten Filmfehlern. Und auf die Doku über Sektenkinder. Wir schauten sämtliche

Trailer von anstehenden Kinofilmen, die Top 10 der Promis, die sich einer Schönheits-OP unterzogen hatten und ein Video von Make-up Tricks bei Schlupflidern.

Zwei Stunden später meldete mein Akku Leerstand und befreite uns aus dem YouTube-Sog. Der Tee war inzwischen kalt. Ich schloss das Gerät an den Strom und starrte auf die leere Seite, doch in meinem Gehirn kreisten noch Gedanken um die armen Sektenkinder. Das machte Konzentration unmöglich. „Jetzt wäre etwas zu Knabbern ganz schön, ich verspüre da so einen leichten Hunger", merkte die Ablenkung neben mir an. Zum geistigen Sortieren schien eine kurze Unterbrechung jetzt tatsächlich sinnvoll und so holte ich ein paar Kekse aus dem Schrank. Während wir darauf herumkauten, schaute ich gedankenverloren aus dem Fenster. „Ach guck, jetzt kommt sogar die Sonne raus", rief da die Ablenkung, „ein bisschen frische Luft würde sicher guttun, vielleicht ein kleiner Spaziergang?" „Nein, ich muss jetzt wirklich mal diesen Text anfangen", sagte ich bestimmt und war stolz, wenigstens dieses eine Mal nicht dem Vorschlag der Ablenkung gefolgt zu sein.
So konnte das nicht weitergehen. Das nächste Mal würde ich sie nicht mehr einfach so reinlassen. Ich fragte mich, warum nicht öfter mal die Disziplin zu Besuch kommt und setzte mich mit sämtlich aufzutreibender Willenskraft vor meinen Laptop. Ich schloss alle Internetseiten, das Mailprogramm und die geöffneten Urlaubsfotos. Dann atmete ich tief durch. Ruhe und Konzentration stellten sich ein.
Rrrrrrriiinnnnngggggg! „Teeeleeefooon!"

Sport

„Sport?", fragte mein Leben und zog eine Augenbraue hoch, „Nun, sagen wir so, wir pflegen eine freundschaftliche Beziehung, der Sport und ich." „Und warum ist da nie mehr daraus geworden?", fragte ich, und mein Leben antwortete mit einem bedeutungsvollen Seufzer, als handle es sich um das Ende einer ganz großen Romanze: „Ach weißt du, es gibt einfach keinen Platz für ihn. Er kann mich nicht glücklich machen. Alles, was er von mir will ist Zeit und Energie und die kann ich ihm nicht geben. Ich habe tausend andere Sachen zu tun und kann ihm nicht die Aufmerksamkeit schenken, die er von mir verlangt. Arbeiten, Einkaufen, Wäsche waschen, das allein schlaucht ja schon. Abends bin ich einfach müde und dann soll ich mich auch noch um ihn kümmern? Nein, das geht nicht. Dafür reicht die Kraft nicht."

Mein Leben machte eine nachdenkliche Pause und fügte dann in leidvollem Ton hinzu: „Es setzt mich einfach unter Druck, wenn er mit mir zusammen sein will. Er verlangt so viel Ehrgeiz. Ehrgeiz entwickle ich höchstens beim Mensch-ärgere-dich-nicht-Spielen. Er will, dass ich an meine Grenzen gehe. Wozu, frage ich mich? Was soll ich da? Wo es mir doch entspannt auf der Couch viel besser geht." Ich nickte verständnisvoll und bohrte nach: „Habt ihr es denn nicht wenigstens mal miteinander versucht?" „Doch, doch", bestätigte mein Leben, „mehrfach sogar. Mit Rollenspielen hat er versucht, mich zu überzeugen, doch keine Sportart rief irgendeine Form von Begeisterung in mir hervor. Wasserspringen endete mit Höhenangst und Bauchklatschern, beim Handball lief ich eifrig zum falschen Tor, Krafttraining bescherte mir Kopfschmerzen und beim Yoga kippte ich um oder schlief ein." „Das ist ja eher blöd dann", sagte ich und schwieg nachdenklich. Mein Leben hingegen fuhr fort: „Überall wird davon geredet, wie bedeutsam er sei. Er wird gehypt wie ein Superstar. Und dann diese Groupies, die behaupten, nicht ohne ihn leben zu können, so viele Anhänger, die ihm frönen, sich ihm unterwerfen, alles in seine Dienste stellen. Das ist doch absurd. Ich kann ihm nicht mal zusehen, wenn er im Fernsehen läuft." Mein Leben klang nun etwas frustriert. „Wir sind einfach nicht füreinander gemacht." Es herrschte eine Weile Stille, dann fragte ich vorsichtig: „Habt ihr noch Kontakt?" „Wir sehen uns gelegentlich. Das ist dann aber eher eine oberflächliche Geschichte." „Und das war's dann? Nie wieder Sport?", ich schaute mein Leben fragend an. „Ich meine ja nur, also, wir werden ja auch nicht jünger und -", ich stockte auf der Suche nach den richtigen Worten, „also, ähm, der Bauch und der Po, zum Beispiel, die verlieren ja schon etwas an Form mittlerweile und, also, ich glaube, die Gesundheit freut sich auch, wenn der Sport öfter mal vorbeischaut. Vielleicht gibst du ihm doch noch eine Chance?" Ich versuchte ein motivierendes Lächeln und blickte mein Leben erwartungsvoll an. Es dauerte eine Weile, bis es reagierte. „Dann soll er sich aber was einfallen lassen."

Mein Waschbrett ist ein Frontlader

„Ich habe genug von dem Versteckspiel", vermeldete mein Bäuchlein eines Morgens. Ich stand vor dem Spiegel und blickte auf eine deutliche Wölbung in meiner Mitte. „Was soll das heißen?", fragte ich überrascht. „Nun, das soll heißen, dass ich mein Schattendasein beenden werde", sagte mein Bäuchlein aus tiefer Überzeugung. „Ich komme mir vor wie ein Geheimagent. Seit Jahren muss ich mich im Hintergrund halten, im Verborgenen arbeiten. Ich lebe pausenlos in Angst entdeckt zu werden. Damit ist jetzt Schluss. Ob es dir passt oder nicht, ich lasse mich nicht länger verleugnen." Das war nicht zu übersehen, mein Bauch hatte sich zu einer auffälligen Rundung geformt. „Aber deshalb musst du dich doch nicht gleich so hängenlassen", sagte ich in der Hoffnung, über das Ausmaß seiner Entscheidung noch verhandeln zu können. „Ich lasse mich nicht hängen, ich bewege mich nur in der mir zustehenden Komfortzone", erwiderte mein Bäuchlein, „von nun an werde ich mich nicht länger zurückziehen." „Das verstehe ich ja", gab ich mich nachsichtig und drehte mich ins Profil, was die Sache allerdings nur verschlimmerte, „aber schau mich doch an, ich sehe aus wie schwanger." „Na und?", fragte mein Bauch, „was ist daran so schlimm? Schwangere Bäuche werden immer sehr wohlwollend betrachtet. Wo ist der Unterschied, ob da was drin ist oder nicht?" Ich stutzte. „Und außerdem", fuhr mein Bäuchlein fort, „bei kleinen Kindern ist der Bauchi noch sooo süß. Warum findet das bei Erwachsenen keiner mehr knuffig? Man kommt mit einem Bäuchlein zur Welt und die meisten sterben mit einem Bäuchlein. Warum muss er denn zwischendrin flach sein?" „Keine Ahnung, das hat sich wohl so ergeben", sagte ich und musste an die *7 Tricks für einen flachen Bauch* denken, die ich auf gefühlt jeder Internetseite vorgeschlagen bekomme, „Bauch rein, Brust raus und so. Liegt wohl an diesem Schönheitsideal." „Pfff, Schönheitsideal, das kann ja nur jemand erfunden haben, der Unterdrückung für eine wirksame Methode hält", prustete mein Bäuchlein abschätzig. „Apropos, in was für einer Welt leben wir eigentlich, in der es Bauchweg-Gürtel gibt? Bauch-weg? Hallo?! Wie sollt ihr jemals eure Mitte finden ohne Bauch? Wer soll eure Entscheidungen treffen? Und wo sollen die Schmetterlinge hin? Und die Gefühle?" Mein Bauch rumorte ordentlich. „Und überhaupt, wenn es Bauchweg-Gürtel für zu dicke Bäuche gibt, wieso gibt es dann noch keine Kopfweg-Mützen oder sowas? Für all die aufgeblähten Gockel da draußen, die keiner sehen will. Das wäre doch mal sinnvoll." Hm, dachte ich, eigentlich keine schlechte Idee.

Ich versuchte, die Dinge in ein etwas besseres Licht zu rücken: „Das heißt übrigens gar nicht mehr Bauchweg-Gürtel, das heißt jetzt Shapewear." Ein erbärmlicher Versuch. „Also quasi, um dem Ganzen eine schönere Form zu geben." Ich merkte schnell, dass ich mit diesem Argument nicht weit kam. „Shapewear, interessant", knurrte mein Bauch, „klingt wie Formfleisch. Ich dachte die Zeit der Korsette sei vorbei?" Dann machte sich mein Bäuchlein in ernstem Ton Luft, nur diesmal nicht durch den Hinterausgang: „Also jetzt mal rein pragmatisch betrachtet, ich muss hier schließlich auch einiges an nicht ganz unwichtigen Organen unterbringen. Allein ungefähr sechs Meter Darm, die müssen ja irgendwo hin. Die kann ich nicht aufrollen wie einen Gartenschlauch. Und die Darmflora, die braucht Raum und ein angenehmes Klima um zu gedeihen. Aber du behandelst mich seit Jahren wie das Unterdeck der Titanic, wenig Platz und schlecht belüftet. Merkst du eigentlich, dass du nicht mal mehr richtig atmest, weil du mich ständig einziehst? Hier unten kommt kein Lüftchen mehr an." Ich achtete auf meinen Atem und merkte, wie er tatsächlich irgendwo kurz über dem Herzen versackte. „Und da wunderst du dich, dass du Dinge nicht mit Nachdruck sagen kannst? Tja. Wie soll ich dich stützen und dir Kraft verleihen, wenn du mich verkümmern lässt wie einen leeren Ballon? So kann ich dir keinen Auftrieb verleihen." Das klang logisch. Ich schwieg.

Aber mein Bäuchlein fuhr fort: „Deine morgendlichen Bauchmuskelübungen sind ja ganz nett, aber mal ehrlich, das bringt doch nichts, so halbherzig wie du da rangehst. Das bisschen Gewippe kannst du dir auch sparen. So hältst du mich nicht in Schach." Ich schluckte und war überrascht von derart klaren Worten aus dem Bauch heraus. Mein Bäuchlein war aber noch nicht fertig: „Es ist dir peinlich, dich mit mir in der Öffentlichkeit zu zeigen? Weißt du was? MIR ist es peinlich, mich mit DIR zu zeigen. Mit jemandem, der so wenig Wertschätzung für mich und meine Arbeit hat. Das ist traurig." Dann herrschte Stille. Ich wartete auf ein vertrautes Gluckern, aber nichts. Zurück blieb nur eine sanfte Wölbung in meiner Mitte. Und die Einsicht, dass ich statt eines Waschbretts wohl einen Frontlader hatte.

Das öffentliche Leben

Rücksicht ist aus

„Sag mal, sind wir eigentlich die einzigen, die noch ein bisschen Anstand haben?", fragte mich mein Leben neulich, als wir mal wieder zur Rush-Hour in der Stadt unterwegs waren. Niemand schien mehr Rücksicht zu nehmen, ständig wurden wir angerempelt, angepöbelt oder überrannt. Niemand entschuldigte sich. Keiner blickte uns an, jeder schien mit sich und der Frage beschäftigt zu sein, wie er auf dem schnellsten und kürzesten Weg zum Ziel kam, um jeden Preis. „Ja, schon komisch", sagte ich. „Die haben wohl alle ihre Tugenden zuhause gelassen. Vielleicht können wir ja ein paar besorgen und sie kostenlos verteilen, so als Akt der Barmherzigkeit", schlug ich vor. „Gute Idee", mein Leben war sofort einverstanden und so steuerten wir direkt das Kaufhaus der Tugenden an.

Im Schaufenster hing nichts außer einem riesigen Schild SALE! Hinter der etwas mager bestückten Theke stand eine dicke Verkäuferin im gestreiften Kittel, an die ich mich freundlich wendete: „Guten Tag, ich nehme etwas Rücksicht." „Rücksicht ist aus.", maulte sie abgeklärt. „Wie?" fragte ich überrascht, „aus?". „Ja, ausverkauft. Schon lange." „Und da kommt auch nichts nach?", wollte ich wissen. „Nee, ist nicht mehr gefragt. Selbstsucht könn' se haben, is' grad frisch reingekommen." „Nein, danke", lehnte ich angewidert ab. Mein Leben blickte mich fassungslos an. „Wie sieht es denn mit anderen Tugenden so aus?", fragte ich, „Friedfertigkeit? Geduld? Demut?" Die Verkäuferin lächelte abschätzig: „Da finden se vielleicht noch Restbestände im Antiquitäten-handel." „Und was ist mit Treue?", ich gab die Hoffnung nicht auf. „Treue nur auf Anfrage", die Antwort kam prompt. Mein Blick fiel auf die Auslage in der Theke: Hochmut, Neid, Wollust, Zorn. In ausreichenden Mengen.

Plötzlich trat ein fülliger Herr im Maßanzug neben mich. Er ignorierte mich komplett und gab ohne ein Anzeichen von Freundlichkeit seine Bestellung auf. Dabei schaute er die Verkäuferin nicht mal an. „Ich nehm' 'was von der Habgier und ein bisschen Völlerei." Die Dame hinter der Theke schnitt ein großes Stück Habgier ab und stellte den Becher mit der Völlerei auf die Waage. „Darf's ein bisschen mehr sein?", fragte sie. Er machte eine gönnerhafte Handbewegung, die wohl als Zeichen zu deuten war, sie möge alles draufhauen. Als er sein Päckchen genommen hatte, bemerkte die Verkäuferin meinen fassungslosen Blick und meinte: „Die Nachfrage bestimmt das Angebot. Mildtätigkeit, Tapferkeit, Mäßigung - will doch keiner mehr." „Haben Sie denn wenigstens noch ein bisschen Wohlwollen?", ich konnte doch nicht ohne eine Tugend wieder nach Hause gehen. „Ich glaub', da hab' ich noch was im Lager. Is' aber von gestern." „Das macht nichts", sagte ich hoffnungsvoll und freute mich, als sie mit einer Handvoll Wohlwollen wieder zurückkam. „Das hat schon eine leichte Kruste. Ich würd' Ihnen da etwas Preisnachlass gewähren." Während sie das Wohlwollen einpackte, fragte sie: „Kann ich Ihnen vielleicht noch etwas Achtsamkeit anbieten? Ist im Angebot. Da haben wir gerade eine

Promo-Aktion." Plötzlich mischte sich mein Leben ein: „Achtsamkeit ist eine egoistische Kuh. Das ist doch so pseudo-Einfühlungsvermögen, mit dem sich jetzt jeder Hipster schmückt. Dabei achten doch am Ende auch wieder alle nur auf sich." „Naja", beschwichtigte ich, „richtig angewendet ist es besser als nichts. Für die ganz harten Fälle kann man da schon mal etwas mitnehmen." Also verließen wir mit Wohlwollen und einer Portion Achtsamkeit das Kaufhaus der Tugenden. Obwohl, eigentlich sollten sie es in Kaufhaus der Untugenden umbenennen, bei dem Angebot.

„Und jetzt?", fragte mein Leben. „Jetzt basteln wir Tugend-Säckchen", antwortete ich. „Aber wir haben doch noch immer keine Rücksicht", gab mein Leben zu bedenken. „Keine Sorge", sagte ich, „die importieren wir. In Kanada haben sie riesige Vorräte davon. Stell dir vor, die Leute da stellen sich vor Bussen und Bahnen an und steigen ohne Ellenbogeneinsatz der Reihe nach ein. Sie entschuldigen sich schon, wenn sie einen noch nicht mal berührt haben. Und sie schauen sich an auf der Straße, oft mit einem Lächeln." Ich kam ins Schwärmen. „Das werden wir jetzt hier einführen. Fang du schon mal an, das Wohlwollen und die Achtsamkeit in kleine Stücke zu zerteilen, möglichst viele", wies ich mein Leben an. Im Schrank fand ich noch einen großen Brocken Nachgiebigkeit, von dem wir auch einige Portionen abteilten. Dann nahmen wir Mini-Jutesäckchen von alten Weihnachtskalendern, taten jeweils ein paar Krümel Wohlwollen, Achtsamkeit und Nachgiebigkeit hinein, dazu noch einen freundlichen Blick, ein

Dankeschön, ein *Entschuldigung* sowie ein *Macht nichts*, und, als das Paket mit der Rücksicht ankam, auch noch eine Prise davon. Die Säckchen verschnürten wir vorsichtig.

An einem Samstag machten wir uns auf in die Innenstadt. Unsere Mission *Tugend für die Welt* konnte beginnen. Heimlich steckten wir den Menschen unsere Tugend-Säckchen zu, in Jackentaschen, in Rucksäcke, in Handtäschchen. Von dort sollten sie ihre Wirkung entfalten. Dieser Tag ging als Welttugendtag in die Geschichte ein, zumindest in meine, und wird nun jährlich mit demselben Ritual begangen.
Deshalb weiß ich jetzt, wenn mir in der U-Bahn mal jemand einen freundlichen Blick zuwirft, dass das sicher am Tugend-Säckchen in seiner Tasche liegt.

Sauna

„Schau mal, es geht noch schlimmer", sagte mein Leben mit einem schmunzelnden Blick. Wir waren in der Sauna. Um uns herum nackte Haut in allen verfügbaren Formen und Texturen. Das Erstaunlichste allerdings: weit und breit war kein Instagram-Körper zu sehen. Nirgendwo glänzte makellos straffe Haut auf wohldefinierten Körpern. Stattdessen kam ich mir vor wie in einem Showroom für abgenutztes Leder, aufgehangen an mehr oder weniger geraden Gestellen. Von Furchen und Dellen durchzogen hing Haut mal flach, mal faltig über Knochen oder bedeckte deutliche Fettreserven. Hier war nichts geschönt. Die Sauna ist ein Bereich, wo Photoshop nicht mehr greift. Hier herrscht Realität pur. Nur das schummrige Licht in der finnischen Schwitzhütte kann da noch beim Vertuschen helfen.

Wir saßen im Whirlpool mit einem Rundumblick auf das Geschehen im Wellnessbereich. Es ging herrlich archaisch zu. In der dunklen Saunahöhle saßen die lebenden Lederlappen eng beieinander wie Würstchen auf dem Grill und frönten tief atmend und stöhnend der heißen Aufgussluft, die ihnen ein kräftig gebauter Hüne mit einem Handtuch um die Nase wedelte. Kurz darauf traten sie glühend rot und schweißtriefend nach draußen, die Brust geschwellt, als hätten sie gerade eine Feuerprobe bestanden. Doch als ob dies noch nicht genug war, verpassten sie sich gleich anschließend noch eine ordentliche Abreibung. Brav reihten sie sich zunächst in die Schlange der Nackten, um eine vom Saunameister rationierte Portion Salz in die Hand gedrückt zu bekommen, mit der sie sich dann von oben bis unten einrieben. „Pökelfleisch vom Feinsten", kommentierte mein Leben die Situation. Das Bild der sich schrubbelnden Ärsche erinnerten mich aber auch irgendwie an eine Gruppe Affen im Urwald.

Aus der nächsten Sauna stolperten indes nackte Menschen mit Kriegsbemalung. Ihr Gesicht war komplett mit einer dunklen Masse beschmiert, als kämen sie gerade von einem Totemtanz. Wie in Trance strahlten sie die Gewissheit aus, dass sich ihr Gesichtsleder während des letzten Saunagangs unter der Heilerde auf magische Weise wieder geglättet hat.

Plötzlich ging die Tür der Dampfsauna auf und frisch gedünstete, rosig glänzende Fleischstücke wurden mitsamt einer Dunstwolke in den grellen Raum gespuckt. Mein Leben war begeistert: „Schon toll, dass man in solchen Wellnessparadiesen die Garstufe selbst wählen kann. Je nach Geschmack, raw, medium oder well done, hier ist für jeden eine passende Sauna dabei."

Aus den nahegelegenen Duschen hörte man kurze, spitze Schreie und männlich raues Prusten, auch dies Urwaldgeräusche, die offensichtlich durch das eisige Wasser hervorgerufen wurden, welches sich auf die Leiber ergoss.

Kaum waren die Körper etwas runtergekühlt, ging der Kampf ums Ruhe-Revier los. Einige sehr dreiste Exemplare der Saunagänger hatten bereits vorab ihr Revier mit Handtüchern markiert und belegten somit dauerhaft die besten Plätze. Andere irrten nackt umher, erst, um ihr Handtuch wiederzufinden, welches sie an einen der unzähligen Haken vor eine der unzähligen Saunen gehängt hatten, dann, um einen Platz zur Entspannung zu finden. Und so verteilte sich die Horde der Entspannungssuchenden auf Wärmeliegen, Ruhesesseln oder Bettinseln, ein paar planschten im lauwarmen Becken herum und ließen sich aufweichen, wieder andere saßen buckelig bei einem Fußbad.

Da auch der Whirlpool sehr beliebt war, stiegen weitere Leder-Models zu uns ins Sprudelbecken. „Guck da nicht so hin", sagte ich zu meinem Leben, musste aber einsehen, dass das schwierig ist, wenn man ein Gemächt so dicht vor der Nase hat. So glich der Aufenthalt im Whirlpool eher einem Schaulaufen der schrumpeligen Art: Gemächte kamen, Gesäße gingen. Und zwischendurch versuchte man tunlichst, jegliches zufälliges Füßeln mit Fremden in der unübersichtlich blubbernden Mitte zu vermeiden.

Am Ende des Tages, als wir warm und rein die Sauna verließen, machte sich nicht nur ein Gefühl der körperlichen Erholung breit, sondern auch eine kleine innere Befriedigung, die durch die zahllosen Vergleichsmöglichkeiten entstanden war. „Siehste, es geht noch schlimmer", resümierte mein Leben und ich stellte zufrieden fest, dass mein eigenes Leder ja noch gar nicht in so schlechter Verfassung war.

Endlich entschlüsselt
Die Funktion der menschlichen Hände

Die menschlichen Hände. Zwei Körperteile, die immer unter ihren Möglichkeiten geblieben sind. Über Jahrmillionen wurden sie für primitive Aufgaben missbraucht, sie mussten Tiere zerlegen und Bilder an Höhlenwände malen, sie mussten Geräte zusammenschrauben oder Wäsche auswringen, sie mussten Streicheleinheiten geben und Pickel ausdrücken. Doch nun haben sie ihre wahre Bestimmung gefunden. Dank des technischen Fortschritts dürfen die Hände auf dem Höhepunkt der menschlichen Entwicklung endlich das tun, wofür sie vorgesehen waren: den To-go-Becher halten! Und das Handy! Gleichzeitig. Die Hände als Werkzeug für Ernährung und Kommunikation! Effizient und praktisch.

Schon im entspannten Zustand lässt die natürliche Form der Hand, dieses Halbrund der Finger, eindeutig erkennen, dass sie optimal für die Aufnahme eines To-go-Bechers geschaffen wurde. Die Flexibilität der Finger ermöglicht zudem das problemlose Anpassen an verschiedene Bechergrößen. Seit der Mensch seine Ernährung auf Kaffee, Bubble-Tea und Detox-Smoothies umgestellt hat, braucht er nur noch eine Hand, um sich Nährstoffe zuzuführen. Die überschüssige Energie, die er früher in die Benutzung der Hände bei der Nahrungszubereitung gesteckt hat, kann er nun für etwas Sinnvolleres einsetzen, z.B. das Versenden von Twitter-Nachrichten oder Insta-Posts.

Denn der Clou: eine simple 90°-Drehung des Handgelenks und die Hand ist aufnahmebereit für ein Mobiltelefon. Handys fügen sich fast symbiotisch zwischen angewinkelte Finger und Daumengelenk und sitzen dort sicher und fest. Der hochbewegliche Daumen ist optimal auf die Bedienung der Tastatur und des Displays ausgerichtet und ermöglicht so eine schnelle Kommunikation. Wissenschaftler haben eine weitere Erkenntnis aus dieser Entdeckung gezogen: Die orale Kommunikation des Menschen wurde nur übergangsweise entwickelt und bildet sich seit der Erfindung des Mobiltelefons langsam wieder zurück.

Das Bild des modernen homo sapiens ist also endlich komplett und wird so in die Geschichtsbücher eingehen: ein Zweibeiner mit angewinkelten Unterarmen, in der einen Hand einen Pappbecher, in der anderen ein Handy, der Kopf gesenkt.

Seitdem die wahre Funktion der Hände bekannt wurde, sind nicht nur Wissenschaftler fasziniert, nein die ganze Welt staunt über die Tatsache, dass der liebe Gott vor abertausenden von Jahren seiner Zeit weit voraus war und bei der Konstruktion des Menschen ganz offensichtlich bereits Handy und To-go-Becher berücksichtigt hat. Was für eine vorausschauende Schöpfung!

Nachruf auf den Bierdeckel

Warum, Bierdeckel, warum nur?
Fassungslos stehen wir vor der Nachricht von deinem Tod. Unerwartet traf dich die Diagnose: Insolvenz. Diese Krankheit der modernen Wirtschaft hat dich aus dem Leben gerissen. Ein Leben, welches einer einzigartigen Erfolgsgeschichte gleicht. Klein angefangen, klein geblieben, aber groß rausgekommen.
Als du vor gerade mal 100 Jahren das Licht der Welt erblicktest, warst du nicht mehr als ein Faserguss-Untersetzer. Doch in kürzester Zeit hast du die internationale Kneipenszene erobert und sie geprägt wie kein anderer. Du hast dich geschickt platziert, dich hochgearbeitet und damit bewiesen, dass du auch als Deckel taugst. Unvergessen, wie du der großen Bierkrug-Klappe aus Metall das Monopol abgelaufen hast. Dein Name zeugt noch heute von dieser Blütezeit: BierDECKEL.

Wie soll es weitergehen ohne dich?
Immer zuvorkommend, immer unterlegen, am Boden zu sein war dein Lebensinhalt. Du warst die Always Ultra eines jeden Bieres. Saugstark und formstabil.
Stillschweigend hast du selbst Maßkrüge ertragen. Doch auch für die Schwachen warst du da, für die Apfelschorlen und die Mineralwasser. Sie alle verdankten dir einen trockenen Fuß. Niemand konnte wie du Funktionalität und Entertainment auf so charmante Weise verknüpfen. Du hast dich in deiner Form immer wieder neu erfunden und bist dir doch treu

geblieben. Wir liebten deine Rundungen genau wie deine Ecken und Kanten. Mit dir geht uns nicht nur ein begehrtes Sammlerobjekt verloren, sondern auch ein Notizzettel der besonderen Art. Wie viele Ideen wurden schon auf dir geboren? Wie viele Liebesbeziehungen nahmen mit dir ihren Anfang? All das soll nun vorbei sein?

Wer führt in Zukunft so ordentlich die Strichliste, wenn wir schon längst nicht mehr fähig sind zu zählen? Wer gibt unseren Händen eine Beschäftigung, wenn sie nervös nach Halt suchen? Vergib uns die Kartenhäuser und all die anderen Misshandlungen, denen du so oft zum Opfer gefallen bist. Wir hatten nie die Absicht, dich ernsthaft zu verletzen. Du warst unser Anhaltspunkt, unser Biervorleger, unser Pappkamerad.

Deine Abwesenheit reißt eine schwere Lücke in das Triumvirat aus Glas, Bier und Dir. Nichts wird mehr so sein wie früher, das Glas wird nicht mehr wissen, wo es gestanden hat, es wird ungefedert auf den nackten Tisch knallen, womöglich darauf ausrutschen, das verspritzte Bier wird sich nicht mehr in deinen schützenden Schoß zurückziehen können, es wird sich irgendwo auf dem Tisch zusammenpfützen und grausam der Verdunstung preisgegeben.

An feuchten, klebrigen Tischen lässt du uns zurück. Du wirst uns fehlen.

Kampfrede einer Zahnbürste

Und ich sage euch, früher war alles besser. Früher, ganz früher, da waren wir ein Luxusprodukt. Nur für die Wohlhabenden. Aus Knochen und Kuhborsten oder Rosshaaren wurden wir gemacht. Ein echtes Naturprodukt! Napoleons Zahnbürste war sogar aus reinem Gold und hatte ein großes N eingraviert! Wo gibt's denn so etwas heute noch? Diese Individualität?
Zur Massenware sind wir verkommen! Aus billigem Kunststoff. Mit den immer gleichen Streifen in Rot oder Blau, die, ja was eigentlich, ausdrücken sollen? Sportlichkeit? Coolness? Dabei sehen sie aus wie Trainingsanzüge aus den 80ern.
Früher, da hatten wir einfach Borsten, die ihren Zweck erfüllten. Gut, vielleicht waren die manchmal etwas grob und haben das Zahnfleisch gleich mit weggebürstet, aber die Zähne waren sauber. Punkt. Und dann, dann kamen die Hippie-Zahnbürsten mit ihrem neumodischen Zeugs: X-Borsten, abgerundete Borsten, Hoch-Tief-Borsten, Schwingkopf, Kurzkopf, Wechselkopf. Eine Generation von Softies und Mittelharten wuchs heran, die sich mehr um ihr Aussehen und ihre Bezeichnung kümmern als um ihren Job. Und nicht zu vergessen die Klugen, die meinen sie müssten nachgeben. Wie stehen wir denn jetzt da, so völlig verweichlicht?
Kein Wunder also, dass auch wir von der Technik verdrängt werden, von diesen Oral-Vibratoren. Früher, da haben wir noch selbst geschrubbt. Jetzt werden die kreisförmigen Putzbewegungen outgesourct. Da kommen diese klobigen Roboter mit Rotation, Schall

und Ultraschall daher und nehmen uns unsere Arbeit weg. Mit ihrem unschuldig kleinen runden Köpfchen versuchen sie, die Zähne mit oszillierend-rotierenden Bewegungen einzulullen. Dabei wissen sie noch nicht mal, wie man das schreibt. Oder sie gehen mit Hochfrequenzschwingungen auf die Zähne los. Was soll das? Wir sind doch nicht bei Star Wars! Dazu ihr erbärmliches Brummen, das klingt wie ein Spielzeughubschrauber, der sich in der Küchenlampe verfangen hat, aber nicht wie Zähneputzen. Das vertraute, gleichmäßige Schrubb-Schrubb, welches über Jahrhunderte aus den Badezimmern zu vernehmen war, wird mehr und mehr durch mickrige Kärchergeräusche ersetzt, die nebenbei erheblich die meditative Wirkung des Zähneputzens stören.

Und seit wann gibt es eigentlich diese miesen kleinen Interdentalbürsten? Die meinen ja, sie hätten eine Nische gefunden und drängeln sich nun auch noch dazwischen. Reicht es denn nicht, dass diese aalglatte Zahnseide jeden Abend nochmal nachsehen muss, ob wir denn auch wirklich nichts vergessen haben? Nur um uns dann mit abschätzigem Blick die Bröckchen zu zeigen, die am seidenen Faden hängen? Wo ist das Vertrauen in uns hin? Und wo soll das noch hinführen? Was kommt als nächstes? Laserstrahlen? UV-Licht? Oder eine Zahnputz-App?

Zahnbürsten dieser Welt, vereinigt euch! Wir dürfen uns aus den Mündern nicht verdrängen lassen! Seid stark! Und seid gewiss: In der nächsten Energiekrise werden sie wieder auf uns zurückkommen.

Problem-Shopping

Hallo und herzlich willkommen beim Home-Shopping, meine Damen und Herren! Heute habe ich mal wieder etwas ganz besonders Wertvolles für Sie. Etwas, worauf Sie im Alltag, ob privat oder beruflich, nicht verzichten sollten, wenn Sie etwas gelten wollen: No Problem war gestern. Wer heute mitreden will, braucht: Probleme! Sie haben kein Problem? Kein Problem! Wir haben die Lösung: Probleme!

Also werfen wir doch mal einen Blick auf die Probleme, die ich mitgebracht habe. Das Schöne ist, das kann ich schon verraten, ich habe für jeden was dabei. Eine ganze Palette von Problemen.

Fangen wir doch mal hier an, bei den Problemen, die wirklich jeder haben sollte. Einfach, schnell und so günstig zu haben ist unser *Hausgemachtes Problem.* Quasi das Problem für die Hosentasche, für zwischendurch, immer parat, egal wo Sie sind. Es braucht ja so wenig. Schauen Sie, ob es die Socken vom Ehemann sind oder der Kollege Ihnen nicht passt, nehmen Sie einfach das hausgemachte Problem zur Hand und in null Komma nix haben Sie aus einer harmlosen Situation ein handfestes Problem gezaubert. Und das für nur wahnsinnige 9,99 Euro! Dafür können Sie es nicht selber machen!

Und wer mit den hausgemachten Problemen gute Erfahrungen gemacht hat, nun aber ein bisschen mehr will, für den haben wir die *Mittelschweren Probleme.*

Mittelschwere Probleme, meine Damen und Herren, sind nicht ganz so einfach in der Handhabung, aber sehr wirkungsvoll. Unser Dauerbrenner hier sind die Eheprobleme. Kleine Krisen, die in keinem Haushalt fehlen sollten. Verdacht auf Untreue zum Beispiel wird sehr gern genommen, ein sehr effektives und dauerhaftes Problem, welches Sie immer wieder hernehmen können.

Und das Tolle: bei den Eheproblemen bekommen sie heute gratis noch ein Problemkind obendrauf! Für sensationelle 99,90 statt 159,-! Also schlagen Sie jetzt zu, bevor es andere tun! Denn das ist wirklich ein irrer Preis.

Aber: wem diese Probleme immer noch eine Nummer zu klein sind, für den haben wir auch größere Kaliber: *Globale Probleme*, besonders beliebt bei Politikern.

Hier zum Beispiel ein Problem, das gerade sehr en vogue ist: Klimaerwärmung. Der Vorteil bei diesem Problem ist: mit der Klimaerwärmung können Sie momentan alles erklären und auch alles dramatisieren. Wenn Sie das Problem der Klimaerwärmung ins Spiel bringen, wird Ihnen jeder ehrfurchtsvoll zuhören. Und das Schöne daran: niemand hat wirklich eine Lösung dafür. Dieses Problem ist also eine gute Investition. Und es hat noch ein besonderes Feature: das Problem Klimaerwärmung ist nämlich hitzebeständig bis zu einer globalen Erwärmung von +15°C! Und 499,- Euro ist einfach ein unschlagbarer Preis dafür! Man darf eben nicht vergessen, dass man von der Klimaerwärmung noch sehr lange etwas hat. Das lohnt sich also richtig!

Aber das war noch nicht alles. Ich habe Ihnen noch mehr Spannendes mitgebracht. Das hier ist mein persönlicher Liebling: ein *Problembaukasten*. Für die Kleinen. Damit können sie sich schon ganz früh spielerisch mit Problemen auseinandersetzen. Denn es ist doch so, die junge Generation arbeitet ja heute immer gleich lösungsorientiert, die kennen ja spezifische Probleme gar nicht mehr. Genau dafür ist der Problembaukasten ideal! Und für niedliche 39,90 ein tolles Weihnachtsgeschenk für die Enkel! Und glauben Sie mir, so mancher Papa hat beim Zusammenbauen der Problembausteine auch schon mal das passende Problem zu seiner Lösung gefunden.

Kommen wir nun zu dem Teil, der besonders die Sparfüchse unter Ihnen freuen wird: unser Problem-Wühltisch. Hier gibt's *Schnäppchenprobleme* in Hülle und Fülle. Gerade, wenn man nicht gezielt nach Problemen sucht, ist so ein Problemwühltisch genau das Richtige. Ach, ich greif einfach mal rein...was haben wir denn hier: Hautprobleme - Parkplatzprobleme - Zeitprobleme. Und hier: sogar ein Alkoholproblem! Ich bin begeistert!

Wer jetzt nicht zuschlägt, liebe Zuschauer, ist wirklich selbst schuld. Wollten Sie nicht auch schon immer mal gesagt bekommen: Deine Probleme möchte ich haben! Jetzt ist Ihre Chance! Bestellen Sie noch heute Ihr ganz persönliches Problem. Mit unserem kostenlosen *Problem To Go - Lieferservice* liefern wir Ihnen die Probleme problemlos nach Haus! Sind Sie vielleicht genervt vom glücklichen Pärchen nebenan? Schicken Sie ihnen ein paar Probleme und Sie werden begeistert sein von der Wirkung! Aber beeilen Sie sich, es sind nur noch wenige Probleme auf Lager. Es ist unglaublich, wie schnell die Probleme hier rausgehen, also rufen Sie jetzt an: 0800-PROBLEM

Oh wie ist das schön

„Lass uns zur Metzger-WM fahren", rief mein Leben neulich begeistert. „Bitte was?", fragte ich. „Zur Weltmeisterschaft der Metzger, im Fanbus sind noch Plätze frei. Wir müssen doch unsere National-mannschaft unterstützen." „Nationalmannschaft der Metzger?" Es wurde immer wilder. „Ja, die Fleischwölfe. Die sind gerade aus dem Trainingslager zurück. Jetzt können sie erstmal ein bisschen abhängen. Haha." „Du willst zusehen, wie Tierhälften verarbeitet werden?" „Warum nicht, das scheint mir zumindest spannender als Männer, die einem Ball hinterherlaufen. Metzger bekommen jedenfalls keine horrenden Ablösesummen, nur weil sie einen Knochen vom Fleisch befreien. Die machen das aus Leidenschaft. Die haben sich auf ihre Kittel ein Hashtag sticken lassen: #HerrderRinder. Das sind noch echte Kerle. Beim Zerlegen rufen sie im Chor: *Für unser ehrenwertes Handwerk der Metzger!* Das nenn' ich mal einen Schlachtruf!" Mein Leben war Feuer und Flamme.

„Ähm", wendete ich ein, „gibt's da eventuell noch eine fleischlose Alternative?" „Na gut, dann fahren wir eben zur Floristen-WM, ist harmloser."

Kurze Zeit später fanden wir uns vor dem Blumengebinde des deutschen Teilnehmers wieder, inmitten des Ultra-Fanblocks. Frauen mittleren Alters, Typ Gartenmutti, schwangen schwarz-rot-goldene Fähnchen und grölten im Chor „Oooohh, wie ist das schöööön, oooohhh, wie ist das schöööön!"

Die Blumen-Hooligans. Bloomigans, wie ich sie nenne. Als sich eine Gruppe holländischer Floristen-Fan-Muttis näherte, ergriffen wir vorsichtshalber die Flucht und fuhren weiter zur WM der Berufe. Hier feuerten wir Dachdecker, Fliesenleger und Maurer an. Ich, mittlerweile ganz Fan, hielt eifrig mein selbstgemaltes Schild hoch auf dem stand: *Ich will ein Haus von dir.* Wir fieberten beim CNC-Fräser genauso mit wie beim Konditor und jubelten am Ende mit dem besten Betonbauer der Welt. Was für eine Stimmung! Ich war begeistert! Eine völlig neue Welt hatte sich mir eröffnet. Ich wollte mehr. Und so starteten wir unseren WM-Marathon.

Wir fuhren zur Weltmeisterschaft im Fahnenschwingen. Und im Fahnenhochwerfen. Zur WM im Schafe scheren. Im Kopfrechnen. Im Nageldesign. Wir staunten, wie sich Baumkletterer und Luftgitarrespieler maßen und hofften, dass Minigolf bald olympisch würde. „Es gibt auch eine Vögel-WM in Zwolle", sagte mein Leben. Ich verzog eine Augenbraue und schaute ungläubig. „Na nicht, was du schon wieder denkst. Da geht's um die Piepmätze." „Ach nee", winkte ich ab und freute mich eher auf die WM der Ponyfahrer in Minden. Dann folgten faszinierende Tage bei der Weltmeisterschaft im Extrembügeln, wo die Teilnehmer auf Felsen, Bäumen oder auf dem Wasser Kleidungsstücke plätten mussten. Manchen ist die Kombination Bügeleisen und Wohnzimmer scheinbar noch nicht genug. Aber zum Glück lief da alles glatt.

Eher aufwühlend war es dagegen bei der Weltpflügermeisterschaft. 29 Nationen traten dort in Kategorien wie Stoppelpflügen, Dampfpflügen und Pferdepflügen gegeneinander an und gruben um, was das Zeug hielt. Und wie sie da so schön die Furchen zogen, überkam mich das leise Gefühl, dass die letzte Pflüger-WM wohl in meinem Gesicht stattgefunden haben muss.

Die Weltmeisterschaft im Angeln verfolgten wir gebannt vor dem TV, wobei die ruhige Stimmung durch die fatalerweise weibliche Live-Kommentatorin etwas zerstört wurde, die mit Sprüchen wie *So einen tollen Hecht hätte ich auch gerne mal an der Angel* einen Shitstorm in den sozialen Medien auslöste.

Der Austragungsort der Mensch-ärgere-dich-nicht-WM war die Mensa des Ottheinreich-Gymnasiums in Wiesloch, wo wir jedoch direkt wieder rausgeworfen wurden, weil wir ein paar Leute in der Schlange übersprungen hatten.

Als wir schließlich noch zur Weltmeisterschaft in Schere, Stein, Papier fuhren, dachte ich so bei mir: Der Mensch ist schon komisch. Der liebe Gott hat ihn mit einem hochentwickelten Gehirn ausgestattet, mit dem er so faszinierende Dinge erschaffen kann wie 3D-Drucker, Präzisionskreissägen oder Raumschiffe. Aber offensichtlich ist er damit noch nicht ausgelastet, denn er veranstaltet eine Schnick-Schnack-Schnuck-WM.

Ich überlegte, welche spannenden Wettkämpfe man denn noch so ins Leben rufen könnte. Ich träumte von einer WM im Popeln. Im Rasenmähen. Im Sitzplatz-im-ICE-finden oder einen Parkplatz nach Feierabend in der Großstadt.

Und ich fragte mich, ob der Mensch gar nicht die einzige Spezies ist, die Weltmeisterschaften ausführt. Vielleicht machen es die Tiere ja genauso.

Vielleicht treffen sich zum Beispiel Mücken alle 2 Jahre im Sommer zur Mückenstich-WM in Schweden und messen sich darin, wer am meisten Blut aus Urlaubern saugen kann, ohne dabei von einer klatschenden Hand erwischt zu werden. Die besten drei kommen ins Stechen. Die deutsche Mücken-Nationalmannschaft setzt sich zusammen aus den talentiertesten Stechern des Landes, ausgewählt vom Bundestrainer bei Vorentscheiden in der Mecklenburgischen Seenplatte, im Spreewald und am Donauufer. Mit dabei ist außerdem eine afrikanische Malariamücke, die seit Jahren in Deutschland lebt und als Zeichen der gelungenen Integration das Team verstärkt. Sie nennen sich die „Bloody Marys" und haben sich auf ihre Flügel Hashtags tätowieren lassen #Stacheles #netpicksen #Vamplife und rufen vor jedem Spiel *Blut tut gut!* Und rundherum schwingen hunderte mückrige Fans aus Deutschland schwarz-rot-goldene Fähnchen und summen „Oh wie ist das schön!"

Handbuch für Kreuzfahrer

Willkommen an Bord, lieber Kreuzfahrer!

Bitte desinfizieren Sie sich die Hände.

Schön, dass Sie unserem Aufruf gefolgt sind und nun gemeinsam mit 6000 anderen Rittern in den heiligen Krieg gegen die Urlaubslangeweile ziehen. Wir versprechen Ihnen das Abenteuer Ihres Lebens. Eine Pilgerfahrt, aus der Sie nicht erleuchtet, sondern erleichtert (um Ihr Vermögen) hervorgehen.

Auf unseren Kreuzzügen werden wir in verschiedenen Ländern einfallen, deren Hafenstädte und friedliche Dörfer erobern und dort sämtliche Geschäfte plündern. Für die Zeit dazwischen haben wir Ihnen ein unerschöpfliches Unterhaltungsprogramm zusammengestellt, welches Sie davor bewahrt, zur Ruhe zu kommen, sich zu erholen oder sich gar mit sich selbst zu beschäftigen.

Damit Sie Ihren Kreuzzug in vollen Zügen, äh, Schiffen genießen können, haben wir hier noch ein paar unerlässliche Tipps für Sie.

An Bord

Bitte desinfizieren Sie sich die Hände.

Das Schiff ist konstruiert wie eine Shoppingmall in jeder beliebigen Großstadt: Geschäfte, Hochglanzboden, Fahrstühle. Dies soll Ihnen helfen, sich wie zuhause zu fühlen. Die tausenden von anderen anonymen Kreuzrittern, die gerade nicht am Pool liegen oder beim Essen sitzen, sondern mit Ihnen schlendern, werden das Gefühl verstärken, dass Sie sich an einem beliebigen

Samstag in der Mall Ihres Vertrauens befinden und nicht auf einem Schiff.

Dazu trägt auch die Dauerbeschallung bei. Wir haben für Sie an jeder erdenklichen Stelle des Schiffs Lautsprecher angebracht, aus denen zu jeder Tages- und Nachtzeit populäre Musik erklingt. Um zu vermeiden, dass Sie das lästige Rauschen der Wellen hören oder Gesprächen bei Tisch oder am Pool folgen müssen, ist die Lautstärke auf 100 dB eingestellt. Das entspricht Discolautstärke. Suchen Sie nicht nach einem ruhigen Plätzchen. Es gibt keins.

Neben Dauerbeschallung bieten wir selbstverständlich auch Daueruntherhaltung. Ob Paraden in der Mall (Bringen Sie Ihren Fotoapparat mit!), Sprachkurse, Kletterwand, Surfwelle, Shoppingevents in der Mall (Verpassen Sie nicht die Rabattaktion!), Minigolf, Tischtennis, Eislaufen, 70er-Jahre-Show in der Mall (Bringen Sie Ihren Fotoapparat mit!), Wasserball, Fitnesskurs, Bingospielen, Flashmobdance mit Joey in der Mall (Machen Sie sich zum Depp!), oder das Treffen der anonymen Märtyrer, hier findet jeder Ritter seine Waffe im Kampf gegen die Langeweile.

Bitte nehmen Sie sich jeden Abend mindestens eine Stunde Zeit, um im Bord-Bulletin unser Activity-Programm durchzuarbeiten. Oder schauen Sie im Bordfernsehen unserem selbstverliebten Activity-Manager zu, der Ihnen die Activities des Tages schmackhaft macht.

Am Abend ist es selbstverständlich ein MUSS, eine der spektakulären Shows im überdimensionierten High-

Tech-Theater zu besuchen. Shows mit atemberaubender Akrobatik und fantasievollen Kostümen, die Sie sich zuhause nie angucken würden. Aber hier sind sie ja kostenlos. Zudem bieten Ihnen diese Shows Zeit zu überlegen, wo Sie den Rest des Abends verbringen wollen: im Jazzclub, der Salsa-Bar, beim Karaoke-Contest, im Pub, der Champagner-Bar oder der Segler-Lounge, vielleicht im Casino oder in der Disco? Am besten zappen Sie sich durch alle Locations an einem Abend, dann haben Sie nicht das Gefühl, etwas zu verpassen und kämpfen eine heldenhafte Schlacht gegen Langeweile.
Bitte desinfizieren Sie sich die Hände.

Kleiner Tipp: Um nicht unnütze Mühe in den Versuch zu stecken, Kontakte zu anderen Kreuzfahrern zu knüpfen, empfiehlt es sich, eine gewisse Ignoranz an den Tag und sich Scheuklappen zuzulegen. Das schützt Sie vor Überreizung. Sie werden sowieso niemandem zweimal begegnen.

Kleiderordnung
Die Zeiten, an denen sich Kreuzfahrer noch in edle Ritterkluft warfen, sind längst vorbei. Deshalb gilt an Bord wie auch an Land das Motto: Zeigen Sie, was Sie haben. Cellulites, Bauchspeck und Oberarmfalten kommen am besten in knappen Bikinis, Hotpants und Stretchkleidern zur Geltung. Dazu passen zu jeder Gelegenheit: FlipFlops. Das sommerliche Schlapp Schlapp wird Ihnen schon bald ein vertrautes Geräusch sein.

Poolverhalten

Wir empfehlen, sich möglichst früh auf eine der tausend Liegen zu legen, damit Sie spätestens am Mittag des ersten Seetags einen roten Schimmer auf der Frontseite haben. Drehen Sie sich dann um und schlafen Sie auf dem Bauch ein. Eine beliebte Position hierfür ist der *gestrandete Wal*.

Vor Betreten des Pools cremen Sie sich bitte dick mit Sonnencreme ein und warten, bis sich ein leichter Schweißfilm auf Ihrer Haut gebildet hat. Steigen Sie dann in den lauwarmen Pool und bleiben Sie so lang darin, bis sich Ihre oberste Hautschicht ablösen. Die Duschen sind nur zu Dekorationszwecken und müssen nicht benutzt werden.

Kleiner Tipp: Nutzen Sie die behagliche Enge in den Pools, um den anderen Rittern auf ungezwungene Weise mal ganz nah zu sein.

Service

Hier an Bord kümmern sich 2000 Sklaven um Ihr Wohl. Zu erkennen sind sie an der Hautfarbe. Sie wurden bei früheren Kreuzzügen in Afrika, Südamerika und Asien rekrutiert. Sie haben also jedes Recht, sie abfällig zu behandeln oder auch zu ignorieren. Bitte beachten Sie: Die militant gute Laune, die diese Arbeiter zu verbreiten versuchen sowie das freundschaftliche Schwätzchen, in welches sie Sie verwickeln wollen, sind lediglich ein Versuch, an mehr Trinkgeld zu kommen. Lassen Sie sich davon nicht täuschen.

Essen

Bitte desinfizieren Sie sich die Hände.

Da Sie als Kreuzfahrer viel Energie für all die Aktivitäten benötigen, stellen wir Ihnen 24 Stunden lang Nahrung zur Verfügung. Gerade für den kleinen Hunger zwischendurch werden Sie ein dick belegtes Sandwich oder ein Schokotörtchen zu schätzen wissen. Selbst Essen hilft beim Kampf gegen Langeweile. Zögern Sie deshalb nicht, sich auch drei Uhr nachts noch eine Pizza oder einen Hotdog zu holen.

Für Frühstück, Mittag und Abendessen ziehen Sie bitte während der ausgeschriebenen Zeiten in einem der zehn Restaurants in die Essensschlacht. Denken Sie daran, dass mit Ihnen 6000 andere hungrige Ritter in diese Schlacht ziehen. Es gilt also: Wer zuerst kommt, isst zuerst.

Gerade im Buffet-Restaurant sollten Sie sich möglichst schnell einen Tisch erobern, um sich dann mit ausgefahrenen Ellenbogen an den Auslagen vorbeizuschieben. Seien Sie rücksichtslos, sonst schnappt Ihnen womöglich ein anderer das letzte Stück Lachs vor der Nase weg und Sie müssten unnötigerweise warten, bis die Pfanne wieder aufgefüllt wird.

Kleiner Tipp: Arbeiten Sie sich systematisch von den Vorspeisen über die Hauptgerichte zu den Desserts durch und schaufeln Sie sich von allem eine ordentliche Portion auf den Teller. Schließlich muss alles mal probiert sein und wer weiß schon, wann Sie das nächste Mal etwas zu essen bekommen.

Wenn Sie nicht nur Eiswasser und geschmacklosen Eistee trinken wollen, erwerben Sie eine der überteuerten Getränkeflatrates, z.B. für pappsüße Softdrinks. Sie erhalten dann kostenlos einen unserer riesigen To-go-Becher, mit dem Sie dann den ganzen Tag herumlaufen können und somit allen anderen Gästen deutlich machen, dass Sie sich ordentliche Getränke leisten können.

Sonstiges

Sollten Sie auf dem Mittelmeer kleine Boote mit vielen Menschen darin sehen, handelt es sich um die weniger luxuriösen Flüchtlingskreuzfahrten. Werfen Sie nicht mit Schwimmwesten oder Essen, da hierbei Verletzungsgefahr besteht. Wenn Sie etwas spenden möchten, lassen Sie einfach Essensreste auf dem Teller, wir führen das dann unkompliziert dem Meer zu. Desinfizieren Sie sich bitte die Hände.

An Land

Bitte überlegen Sie sich frühzeitig, an welcher Eroberungstour Sie teilnehmen wollen und buchen Sie Ihr Ticket rechtzeitig. Nur diese Touren bieten das einzig wahre Kreuzzug-Feeling. Ziehen Sie daher lieber nicht auf eigene Faust los. In jedem Land sollte das Kreuzfahrtheer geschlossen einfallen, dafür steht eine Armada an Bussen bereit. Eine jede Eroberungstour ist aufs Neue aufregend, deshalb ist eine gewisse Nervosität beim Finden der Busse normal. Achten Sie nicht auf die Schilder am Bus, fragen Sie lieber mehrmals das Personal, in welchen Bus Sie nun steigen sollen.

Der Bus wird Sie dann wie ein Trojanisches Pferd ins Herz der Stadt bringen, von wo aus Sie Ihre Eroberungs- und Beutezüge starten können.

Kleiner Tipp: An zentralen Plätzen bieten junge, dunkelhäutige Männer praktische Dinge wie Hüte, Sonnenbrillen und Selfiestangen feil. Decken Sie sich hier schon mit der nötigen Ausrüstung ein.
Verhalten Sie sich so, als gehöre die Stadt Ihnen. Seien Sie laut, ignorieren Sie Ge- und Verbotsschilder und bestellen Sie Ihren Kaffee genauso, wie Sie ihn auch zuhause trinken. Laufen Sie hemmungslos langsam auf befahrenen Straßen, bleiben Sie unvermittelt stehen, um Fotos zu machen und setzen Sie sich auf Denkmäler, um Ihr Eis zu essen.
Vergessen Sie nicht, die Geschäfte zu plündern! Nur hier werden Sie Dinge finden, die Sie sonst nirgends auf der Welt mehr bekommen. Nehmen Sie mit, soviel Sie tragen können. Vor allem in den Souvenirshops finden Sie wertvolle Artefakte *Made in China*, die Sie ein Leben lang an Ihren Kreuzzug in diese Stadt erinnern werden. Also schlagen Sie zu. Hinterlassen Sie verbrannte Erde, dann kehren Sie zu Ihrem Bus zurück!

Wenn Sie sich an diese Tipps halten, steht Ihrem gelungenen Kreuzzug nichts mehr im Weg!
Wir wünschen Ihnen nun viel Vergnügen und eine aufregende Zeit!

Und denken Sie daran: Bitte desinfizieren Sie sich die Hände!

Am Strand

Ein Pinguin am Strande stand
und es doch recht erbärmlich fand,
wie all die braungebrannten Macker
so tun als seien sie tierisch locker
und um die Gunst der Mädchen buhlen,
die sich halbnackt im Wasser suhlen.

Dazu die halbverbrannten Kinder
und Mütter breit wie 20 Rinder,
ja erst die Rentner mit den Hüten
und Falten groß wie Plastiktüten.

Dann sabbert jeder noch ein Eis,
garniert mit tröpfchenweise Schweiß.
Der Sand klebt einem überall,
es tönt Geschrei wie Überfall.

Was bin ich froh, denkt Pinguin,
dass ich hier nur geschäftlich bin.

Adventskalender Wettrüsten

„Vorsicht", rief mein Leben, „hier ist alles vermint!" Wir betraten gerade das Erdgeschoss eines Kaufhauses und befanden uns plötzlich mitten in einem weihnachtlichen Schlachtfeld. Glitzernde Kugeln, blinkende Lichterketten, kitschige Kerzen wohin das Auge reichte. Die Adventszeit war wieder einmal im Land eingefallen und die Waffen, mit denen sie um sich schlug, hatten mittlerweile bedrohliche Ausmaße angenommen.

Dabei begann es wie immer ganz harmlos. Anfang September. Die Sommerferien waren noch nicht vorbei, da fand man im Handel schon die ersten Vorboten dieser konsumistischen Schlacht. Schokokugeln, die im April noch Ostereier waren. Osterhasen, die nun als Weihnachtsmänner uniformiert in Reih und Glied aufmarschierten. Herzen von Lebkuchen bereit zur Organspende.

Und dann, ab Oktober, setzte es schlagartig ein, das Adventskalender-Wettrüsten. „Ich dachte, der kalte Krieg sei vorbei", wunderte sich mein Leben, als wir vor einem schier unüberwindbaren Wall aus Adventskalendern standen. Adventskalender unterschiedlichster Kaliber ließen keinen Zweifel daran, dass hier ein Säbelrasseln einer ganz neuen Dimension im Gange war. Die Palette der Munitionen reichte von unscheinbaren Kalenderchen in Postkartenformat mit bunten Bildchen von Vögelchen mit Weihnachtsmützchen bis hin zu mannshohen Geschossen geladen mit nutzlosen Konsumgütern wie Parfüm oder Modeschmuck. Hier rief die Adventsrüstungs-Industrie die Bürger eindeutig dazu auf, sich zu bewaffnen. Um die Zeit des Wartens auf Weihnachten totzuschlagen und die Vorfreude auf den heiligen Geschenke-Abend zu steigern, konnten die Waffen nicht groß genug sein. Einfache Schokolade war offenbar wirkungslos geworden.

„Naaaa? Welcher darf's denn sein?", säuselte ein geschniegelter junger Mann im Anzug und baute sich repräsentativ vor der Adventskalender-Mauer auf. „Wir haben Kalender für Männer, für Frauen, für Papa, für Mama, für Paare, für Schwangere, für Kleinkinder, für den Hund oder die Katz." Ich schaute ihn skeptisch an. „Junge Frau, Sie müssen doch gewappnet sein! Womit wollen Sie denn zurückschlagen, wenn der Partner am Ersten mit einem Adventskalender um die Ecke kommt? Da wollen Sie doch nicht mit leeren Händen dastehen und kapitulieren müssen, oder? Und auch mit einem einfallslosen Kalender aus den 90ern, Sie wissen schon, die mit billiger Schokolade und der künstlerisch niveaulosen Schneelandschaft samt knollnasigem Weihnachtsmann, sollten Sie sich nicht mehr vor die Tür trauen." Wir hatten es hier offensichtlich mit einem Rüstungsexperten zu tun. Ich druckste gerade ein „Äh" heraus, als der Verkäufer Lunte roch. „Ach, oder gehören Sie zur Infanterie? Die Fußsoldaten, die sich ihre Waffen selbst bauen? Jaahaa, das ist natürlich die Königsdisziplin! Was die aus Jutesäckchen, Holz und Pappe so konstruieren, da zeigen sich die wahren Kämpfer. Wer da Kreativität besitzt, ist schon mal im Vorteil, nicht?" Ich nickte wortlos, doch der Mann ließ nicht locker und beugte sich zu mir. „Aber mal unter uns, das is' ja ganz süß, aber mit Pfeil und Bogen kommen Sie heute nicht mehr weit. Wenn Sie ins Ziel treffen wollen, dann empfehle ich Ihnen eine unserer Kanonen hier", er wies mit seinem Arm in Richtung Adventskalender-Palette, „alle mit 24 Schuss feinster Munition. Damit haben Sie den Sieg in der Tasche." „Danke, aber ich..." „Aha, Sie können sich nicht entscheiden, kein Problem, ich helfe Ihnen! Also, wollen Sie lieber was Essbares? Müsli, Nüsse, Powerriegel, Gewürze, Honig, Wurst, Marmelade, Chips, Saft, Tee, Kaffee, Bier, Wein, Sekt?" „Geil", flüsterte mein Leben und giggelte, „in 24 Schritten zum Alkoholiker!" Der Waffenverkäufer fuhr eilig fort: „Oder lieber etwas Dekoratives? Strohsterne, Räucherkerzen, Windlichter, Duftkerzen, Glaskugeln, Raumdüfte?" Ich schaute fassungslos über die endlosen Reihen der Gabenspender in allen möglichen und unmöglichen Formen. „Hier drüben haben wir noch die Kalender mit den praktischen Sachen: Nagelfolien, Badebomben, Hyaloron-Ampullen, Saatgut, Socken-wolle, Sexspielzeug, Kondome, Bücher, Rätsel, Make-up, Werkzeug, Lotterielose und für die Kleinen Spielsachen von Barbie, Bibi und Bob."

Mein Leben hatte nebenbei zur Erweiterung der Auswahl noch amazon zu Rate gezogen und klickte sich gerade durch 60.000 Suchergebnisse. „Also ich wäre ja mehr für Kalender mit immateriellen Dingen, so wie die hier", sagte es grinsend und zeigt mir Adventskalender für Wellness, Entschleunigung, Teamwork, Glücks-gefühle und gute Laune.

Mir schwirrte der Kopf. Dieses Adventskalender-Wettrüsten hatte eine ganz eigene Dynamik entwickelt. Entspannung war nicht in Sicht. Während ich zum Ausgang stürzte und am Zeitschriftenstand noch den Playboy mit Adventskalender liegen sah, malte ich mir aus, wo das hinführen würde. In wenigen Jahren würde es Adventskalender mit Bohrmaschinen, High Heels oder Autos geben. Jede Firma würde ihre Produkte ab Herbst nur noch in Kartons mit 24 Türchen ausliefern. Für jeden Berufsstand und jedes Hobby gäbe es den passenden Kalender:

Der Adventkalender für den Scheich:
24 wunderbare Yachten!
Für Immobilienmakler:
Spekulatius für Spekulanten. Kleine Wohnungen und atemberaubende Lofts hinter jedem Türchen!
Und exklusiv, der Adventskalender für Trump:
Werte und Rechte zum Zertrümmern. Inklusive Hammer.
Ich beschloss, mich dieser sinnlosen Schlacht als Kriegsverweigerer zu entziehen. Immerhin war klar, dass schon im Januar die Abrüstung beginnen würde, und bis dahin könnte ich gut ohne tägliches Türchenöffnen leben. Doch dann kam am ersten Dezember mein Leben mit einem Adventskalender um die Ecke. So einem schnöden mit weißer Winterlandschaft und knollnasigem Weihnachtsmann. Und 24 kleinen Milchschokolade-Stückchen in konturschwachen Plastik-Formen. Das erwischte mich eiskalt. „Wie früher", grinste ich ergeben. „Touché", sagte mein Leben und lächelte ein Siegerlächeln.

Bundeswehr wird gesundreformiert

Berlin

Wie das Bundesverteidigungsministerium gestern mitteilte, plant die Verteidigungsministerin noch in diesem Jahr eine grundlegende Reform der Bundeswehr. „Um auch in Zeiten erhöhter Gefahren und moderner Bedrohungen den Auftrag zum Schutz und zur Verteidigung erfüllen zu können, müssen alte Strukturen aufgebrochen und längst überholte Verfahren neu überdacht werden, um die Truppe in diesen veränderten Zeiten zukunftsfähig zu machen", hieß es von Seiten des Ministeriums. Zudem müsse der Kampf für das eigene Land auch für die junge Generation attraktiv bleiben.

Im Konzeptentwurf zur Modernisierung der Bundeswehr hat sich die Bundesverteidigungs-ministerin deshalb von einem aktuellen Thema inspirieren lassen: dem gesunden Essen. Die Ministerin bezeichnete es als ihr *Rezept für eine knackig-frische Bundeswehr.*

Ihr Entwurf sieht vor allem Änderungen der Gefechtsmethoden in der Luft, zu Wasser und auf dem Land vor, die sich im Einzelnen folgendermaßen darstellen:

Das Heer wird zukünftig mit ausreichend Bodensuppen und Streitsäften ausgestattet und bekommt mit Eisbomben, Granatäpfeln und Mandelsplittern wirksame Verteidigungsmittel. Zusätzlich werden alle Soldatinnen und Soldaten jederzeit Zugriff auf Handwaffeln mit Schlag-Sahne haben.

Die Luftwaffeln, Entschuldigung, die Luftwaffe erhält mit hochmodernen Überwachungsbohnen, Delikoptern und Tarnkappenbonbons wirksame Mittel, um Gefahren frühzeitig zu erkennen.

Die Schlagkraft der Marine soll durch den Einsatz von effizienten U-Broten mit frischen Panzerkräutern gesichert werden.

Bei diesen Methoden legt die Verteidigungsministerin vor allem Wert darauf, dass sie bio, hausgemacht und aus regionalen Produkten sein werden. Dafür stehe sie mit ihrem Namen. „Wir greifen hier einen bestehenden Trend auf", so die Ministerin, „diese vegetarische Alternative zu den sonst stark eisenhaltigen Methoden wird auch diejenigen ansprechen, die der Bundeswehr bisher eher skeptisch gegenüberstanden."

Selbstverständlich werde es auch weiterhin Gulaschkanonen geben, bestätigte das Verteidigungsministerium und wies darauf hin, dass sich gerade in der Terrorismusbekämpfung durch den gezielten Einsatz von Jagdwurst ganz neue Erfolgsaussichten eröffneten. Die Ministerin äußerte sich überzeugt, dass ihr Konzept einschlagen werde wie eine Kalorienbombe.

Das Bundesverteidigungsministerium ließ abschließend verlauten, dass die anstehende Reform ohne Gewehr sei.

Willkommen bei Klobucks
Ihr Bedürfnis ist unser Job

Verkäuferin V – die moderne Klo-Frau
Kunde K – der durchschnittliche Bedürfnishaber

An einer stylischen Theke, ähnlich einem Coffee-Shop.

V: Nächster! Willkommen bei Klobucks. Was darf's sein?

K: *(verwirrt)* Äh...

V: Welches Bedürfnis haben Sie?

K: *(verschüchtert)* Ähm, ich äh muss mal.

V: *(genervt)* Geht's vielleicht ein bissl genauer?

K: Bitte?

V: Ja, Grande – Small – Mixture – Surprise?

K: *(schaut ratlos fragend)*

V: *(laut)* Müssen Sie groß, pullern oder beides? Oder wissen Sie's noch nicht genau?

K: *(flüstert)* Groß.

V: *(laut)* Also Grande. Quick oder Slow?

K: Wie meinen?

V: Dauert's länger?

K: Äh, ja...normalerweise ja...aber...

V: Also lieber mit Zeitschriften?

K: Wenn das ginge...

V: Schalldicht?

K: *(schaut verständnislos)* Bitte?

V: Wird's lauter?

K: Also ich muss doch wohl sehr bitten!

V: Hören Sie, wir versuchen hier, bestmöglich auf die Kundenbedürfnisse einzugehen, daher wäre es nett, wenn Sie uns ein bisschen entgegenkämen.

K: *(unsicher)* Aber, also...na gut. Also schalldicht bitte.

V: Musik?

K: Was haben Sie denn zur Auswahl?

V: Push it Baby. 10 kleine Negerlein. Beethovens 9.

K: Das erste, ich nehm' das erste.

V: Danke, Charmin, Tempo oder Happy End?

K: Bitte was?

V: Das Klopapier: Danke, Charmin, Tempo oder Happy End?

K: Was würden Sie denn empfehlen?

V: Kommt drauf an, wie viel Sie ausgeben wollen und wie soft Ihr Allerwertester es gern hat. Fürs schmale Portemonnaie und für Hartgesottene hätten wir auch Krepp.

K: Nein, nein, ich hätt' gern was Normales.

V: Also Tempo.

K: Ein Taschentuch?

V: Nee, das ist jetzt auch für'n Arsch.

K: Aha ja. Na gut.

V: Mit Klorigami?

K: Also hört denn das jetzt nicht bald auf? Was um Himmels Willen ist denn nun Klorigami wieder?

V: Das ist, wenn das erste Blatt so schön gefaltet ist. Damit Sie auch wissen wo's losgeht. Ein schöner Anfang quasi.

K: Also schön, mit Klorigami.

V: Gut, macht dann dann 5,50. *(schreit nach hinten)* Rosi, einmal Grande Slow Noisy Musik A Tempo Klorigami.
(gibt ihm einen Beleg) Kabine 3 steht für Sie bereit. Wir wünschen einen angenehmen Stuhlgang.

K: Danke, aber ich muss nicht mehr.

Begegnung mit Trolley

2 Koffer (1 groß, 1 klein) beschnuppern sich auf dem Flughafen, ihre Frauchen unterhalten sich

A: Ach, das ist ja auch ein ganz Süßer, der ist ja noch ganz klein.

B: Ja, der ist noch Handgepäck.

A: Ach, das ist schon schön. Wenn die noch so klein sind, kriegt man die überall unter.

B: Ja, aber man muss aufpassen, die Kleinen vertragen noch nicht alles. Shampooflaschen und Deo zum Beispiel, die spuckt meiner bei der Gepäckkontrolle immer wieder aus.

A: Ja, das ist schade. Na meiner nimmt ja mittlerweile alles: Bodylotion, Weinflaschen, Straußeneier. Gerade im Urlaub ist das ungeheuer praktisch.

B: Hat der denn gar keine Angst vor der Gepäck-kontrolle? Also meiner stellt sich immer quer, wenn er in diese Röhre soll. Er kann sich nicht daran gewöhnen, sein Intimstes preiszugeben. Er empfindet das als Eingriff in seine Intimsphäre. Aber ich sag ihm immer: „Samsonite", sag ich, „die inneren Werte zählen."

A: Sie haben ja so recht!

B: Ihrer sieht ja schon ganz schön mitgenommen aus. Im wahrsten Sinne!

A: Ja, wir waren schon überall. Und wissen Sie, mit so Schoßköfferchen kann ich gar nichts anfangen. Meiner will raus, der will was erleben, der muss mit anderen in Kontakt kommen. Da fängt er sich dann schon mal eine Beule ein.

B: Ja, dieses Gerangel auf dem Gepäckband. Jeder will der erste sein. Das will ich meinem noch nicht zumuten. Außerdem könnte ich es nicht ertragen, tatenlos zusehen zu müssen, wie die armen Koffer beim Verladen misshandelt werden, wie sie von diesen rabiaten Packern durch die Gegend geschleudert werden. Diese Kerle haben doch wohl einen Transportschaden!

A: Sie sagen es! Meinem Rimowa haben sie vor kurzem das Rad gebrochen.

B: Nein, wie schrecklich.

A: Ja und diese Blamage für ihn, als er dann wie ein Krüppel über den Flughafen humpeln musste. Ich hab' ihn dann getragen, aber Sie glauben gar nicht, welch diskriminierenden Blicke der Anderen er ertragen musste: Seht mal, wie altmodisch, kein Rollkoffer. Am schlimmsten sind ja diese Angeber mit vier Rädern. Die finden sich besonders toll. Ständig am Drehen und Wenden, ach so agil und flexibel. Aber am Check-in sind sie auch nicht schneller.

B: Und was es mittlerweile für Farben gibt. Grauenhaft. Hauptsache auffallen. Dort drüben, schauen Sie, ganz in Pink. Wie kann man dem armen Koffer das antun? Warum die Leute die eigenen Geschmacksverkalkungen auf ihren Koffer übertragen müssen. Ich habe gehört, es gibt jetzt sogar einen *Koffeur*, der den Koffer typgerecht stylt.

A: Ach so einen Schnickschnack brauchen wir nicht. Samsi mags lieber natürlich.

B: Ja, mein Rimowa bekommt maximal ein Lederhalsband, damit jeder weiß, zu wem er gehört. Aber er läuft ja nicht weg.

A: Wissen Sie, für mich ist es jedes Mal wieder ein schöner Moment, wenn ich da so am Gepäckband stehe, mit diesem ambivalenten Gefühl von Vorfreude und Sorge „Ist er da?" Und dann erblicke ich ihn, wie er sich brav einreiht und wie er vor Freude mit dem Griff wedelt.

B: Es muss ja auch unglaublich traumatisierend sein für so einen Koffer, wenn er im falschen Flieger landet und dann allein am anderen Ende der Welt steht, wo ihn niemand erwartet.

A: Oh ja, meinem ist das mal passiert. Vor vielen Jahren. Er hat sich danach bei der Gepäckaufgabe immer so an mich geklammert und wollte nicht mehr weg. Ich hab' dann einen super Therapeuten gefunden, einen Kofferflüsterer. Ganz toll, sag ich Ihnen. Seitdem hat er keine Angstzustände mehr. Gell, Rimowa?!

B: Nein!

A: Doch! Ich kann ihn jetzt sogar ohne Probleme in die Gepäckaufbewahrung am Bahnhof stecken. Er weiß, ich komme wieder.

B: Gepäckaufbewahrung. Das ist doch auch nur eine Aufbewahrungsanstalt, viel zu große Gruppen, schlechte Betreuung. Meinen Samsonite schick ich da nicht hin.

A: Ja, aber unbeaufsichtigt darf man sie ja auch nicht mehr stehen lassen, ohne dass sofort der Bombenräumdienst kommt. Dabei ist mein Rimowa ein ganz Lieber. Harte Schale, weicher Kern.

B: Und er folgt auch?

A: Selbstverständlich. Er folgt mir auf den Fuß. Und schauen Sie mal: Rimowa, sitz!

B: Braver Koffer. Meiner ist noch etwas wild. Der will nur spielen. Sobald er anderes Handgepäck sieht, rollt er los.

A: Das gibt sich. Meiner hat allerdings noch eine Schwäche, die ich ihm nicht abgewöhnen kann *(A wird vom unruhigen Koffer weggezogen).* Er jagt so gern Pilotenkoffer.

Das sinnvolle Leben

Der große Unbekannte

Der Sinn des Lebens ist ein großer Unbekannter. Hat ihn schon mal jemand gesehen? Mit ihm geredet? Ist schon mal jemand mit ihm an einer Straßenecke versehentlich zusammengestoßen? Soweit ich weiß: Nein. Mir ist jedenfalls niemand bekannt, der den Sinn des Lebens in seinem Bekanntenkreis hat. Da kommt doch unweigerlich die Frage auf: Gibt es ihn überhaupt? Oder ist er vielleicht ein Phantom, ein Fantasiegebilde, gar eine Verschwörung? In etwa so wie Bielefeld, das gibt es ja anscheinend auch nicht.

Wie auch immer. Klar ist jedenfalls, dass es ein ziemlich interessanter Kerl sein muss, denn alle suchen nach ihm. Es scheint ziemlich hip zu sein, sich mit dem Sinn des Lebens abzugeben. Nur, so wirklich gefunden hat ihn noch niemand. Aber wo soll man auch suchen?
Im Fundbüro? Bei der Bahnhofsmission? Könnte ja sein, dass er den Weg zu mir nicht gefunden hat und im Großstadtdschungel verlorengegangen ist. Denn weil er eben der große Unbekannte ist, wissen wir ja auch nicht, wo er wohnt, können ihn also nicht aufsuchen. Also erwarten wir, dass er zu uns kommt.
Ich stelle mir immer vor, dass es irgendwann mal an der Tür klingelt, ich öffne und ein Herr im grauen Mantel steht im Flur und sagt: „Guten Tag, ich bin der Sinn des Lebens". „Ach wie schön", sage ich, „ich habe Sie schon erwartet. Oder darf ich Du sagen?" Ich bitte ihn herein, biete ihm etwas Gebäck an und während wir Kaffee aus weißen Porzellantassen schlürfen, reden wir über ihn. Er

erzählt mir von den ganzen Wie's und Warum's und Weshalb's und ich sage Ah und Aha und Achso, weil mir plötzlich so viel klar wird. Das geht so bis tief in die Nacht. Dann muss er los. Kurz bevor er geht, lässt er mir noch einen Projektplan da, in dem meine To do's der nächsten Jahre feinsäuberlich aufgeschlüsselt sind, sowie seine Visitenkarte mit dem Hinweis, ich könne ihn jederzeit anrufen, wenn es noch Fragen gibt.

Vielleicht ist er ja tatsächlich ein Vertreter. Er ist nur leider der einzige seiner Branche und hat dementsprechend viel zu tun. Das würde erklären, warum manche Leute, also die, die man vom Hörensagen kennt, warum die angeblich den Sinn des Lebens schon gefunden haben. Die wohnen vielleicht in einem Postleitzahlengebiet, welches auf seiner Dienstreiseliste weit oben steht. Meine Postleitzahl beginnt mit einer acht. Das kann also noch dauern, bis er bei mir klingelt.

Vielleicht ist er aber auch ein Eremit, der einfach nicht gerne unter Leute geht. Der sich nicht so gerne zeigt und lieber gemütlich in seiner Höhle sitzt. Da jedoch eine alte Regel besagt: *Wer sich rar macht, wird für seine Umwelt nur noch interessanter*, fingen Coaches, Lebensberater und spirituelle Weise an, sich eigene Vorstellungen über diesen Eremiten zu machen. Sie sammeln ihre Ideen in Büchern, beschreiben ihn in allen Facetten, von allen Seiten, in allen Farben. Sie scheinen ihn einzukreisen und zu rufen: Sinn komm raus, du bist umzingelt! Aber der große Unbekannte bleibt unsichtbar und lacht sich ins Fäustchen, weil er bei amazon alle 17274 Bücher gelesen hat, die es über ihn gibt.

Wer auch immer er ist, dieser große Unbekannte, ich hoffe weiter auf ein Blind Date mit ihm. Ich habe jedenfalls immer etwas Gebäck im Haus, falls er mal klingelt.

Die Jagd nach dem Glück

„Schau mal, wir sind zu einer Jagdgesellschaft auf einem edlen Landgut eingeladen", überraschte ich mein Leben letzthin. „Na super, wo wir ja ein großer Fan davon sind, wehrlosen Tieren hinterherzujagen", mein Leben schien nicht so begeistert. „Nein, nein, bei dieser Jagd geht es um etwas anderes", erklärte ich, „es ist die Jagd nach dem Glück."
Eine solche Gelegenheit darf man sich natürlich nicht entgehen lassen! Ich sah mich schon mit einer Trophäe aus unendlichem Glück zurückkehren. Ob das Glück wohl ein Geweih hat, fragte ich mich, und ob man es auch köpfte, damit man es dann dekorativ über den Kamin hängen kann?

Mit einer Mischung aus Gespanntheit und Vorfreude kamen wir auf dem Landgut an und waren erstmal mächtig beeindruckt. Auf einem riesigen Areal aus Gutshaus und Garten und Stallungen tummelten sich schon Leute von Rang und Namen, allesamt mondän gekleidet und mit einem Sektkelch in der Hand. „Mein lieber Herr Gesangsverein!", staunte mein Leben, „das ist ja wie auf einem Fürstenhof!" Ich nahm mir gleich mal ein Häppchen vom dekadenten Büffet und blickte auf das Programm: 15 Uhr Happy Aperitif, 16 Uhr Beginn der Lauerjagd. „Die Jagd nach dem Glück ist also eine Lauerjagd", sagte ich und mein Leben überlegte: „Heißt das, wir müssen uns dann irgendwo auf die Lauer legen, um die nichtsahnende Beute, also das Glück, dann in einem Überraschungsmoment zu überwältigen?" „Ich glaube ja." „Aber", mein Leben betrachtete die umstehende Jagdgesellschaft in ihren steifen Anzügen und bunten Kleidchen, „die sehen alle nicht so aus, als hätten sie Tarnkleidung an." „Wer weiß, worauf das Glück so anspringt", gab ich zu bedenken. „Und was ist mit Ködern?", fragte mein Leben, „haben wir Regenwürmer dabei?" „So ein Quatsch!", lachte ich, „Regenwürmer! Das Glück zieht man doch mit diesen Dingen hier an." Ich holte ein Hufeisen, ein vierblättriges Kleeblatt und einen Marienkäfer aus meiner Handtasche. „Der Schornsteinfeger hat wohl nicht mehr reingepasst, was?", frotzelte mein Leben.

Da ertönte das dumpfe Tröten des Jagdhorns und ein Herr im Frack eröffnete die Jagd: „Meine Damen und Herren, bitte nehmen Sie sich nun einen Köder Ihrer Wahl aus den bereitgestellten Töpfen und suchen Sie sich damit ein entsprechendes Plätzchen hier in unserem wunderbaren Lounge-Bereich. Und seien Sie unbesorgt, zwischendurch wird unser Personal Sie weiter mit Sekt und Häppchen versorgen." Die Menge setzte sich fröhlich schnatternd in Bewegung, bis sie sich vor den Köder-Töpfen wieder staute. Erst dann sahen wir, um welche Köder es sich handelte. Die Damen staksten vorrangig zu den Behältern mit *Shopping/Konsum* sowie *Selbstoptimierung*, während die Männer öfter bei *Statussymbolen*, *Geld* und *Macht* zugriffen. Dabei tauschten sie sich über ihre neuesten Errungenschaften aus, zeigten sich stolz Bilder ihrer Autos, Yachten und Häuser oder begutachteten die teuer erstandenen Schuhe und Kleidchen. Die etwas kleineren

Behälter mit *Natur*, *Dankbarkeit* und *Liebe* blieben unangetastet. Dann setzten sie sich auf die im Garten verteilten Loungemöbel, legten ihren Köder in die danebenstehende Falle und orderten einen weiteren Aperol.

Mein Leben und ich hatten uns mit unseren Glücks-Devotionalien in eine Blumenwiese am Rand gesetzt und beobachteten das Spektakel aus der Ferne. So ganz geheuer war uns diese Jagd nach dem Glück mittlerweile nicht mehr. Da saßen sie nun alle auf ihren Lounge-Inseln, jeder für sich, und warteten auf das Glück. Doch das Glück kam nicht. Manchmal schreckte jemand auf und griff freudig zur Falle, doch da war nichts. Er hatte wohl nur das *vermeintliche* Glück gesehen. Nach einer Weile begannen die ersten, auf die Inseln der Nachbarn zu schielen. Man konnte sehen, wie sie an ihren eigenen Ködern zweifelten und mit Neid auf die Köder der anderen blickten. Manche standen genervt auf und holten sich weitere Köder dazu, stellten also mehrere Fallen gleichzeitig auf. Da wollten die anderen natürlich mithalten. So begannen sie, sich gegenseitig zu übertrumpfen. „Von so einer Unruhe würde ich als Glück mich lieber fernhalten", sagte mein Leben und legte sich rücklings ins Gras. Wir schauten den Wolken beim Fliegen zu und lauschten dem Summ- und Brummkonzert der umherschwirrenden Insekten, während uns die Sonne den Bauch wärmte. War das nicht auch schon Glück, fragte ich mich gerade, als uns jemand antippte.

Wir drehten uns um. Da stand jemand, oder besser etwas. Eine Art Buddha, ein riesiger Wonneproppen mit einer sonnigen Aura, der aber entgegen seiner Statur eine enorme Leichtigkeit und eine beruhigende Zufriedenheit ausstrahlte. Mir wurde warm ums Herz. Er lächelte uns an und sagte mit Blick auf die Jagdgesellschaft: „Sie versuchen es immer wieder. Aber ich bin doch keine Beute. Also, bevor das hier zu einer Hetzjagd wird, kommt mal mit!" Dann gab er uns zu verstehen, ihm Richtung Gutshaus zu folgen, „aber unauffällig!". Mein Leben schaute mich an, ich zuckte mit den Schultern und dann taten wir, wie uns geheißen. „Ich glaube, das ist das Glück", flüsterte mein Leben mir aufgeregt zu, während wir hinter den Hecken entlangschlichen. Ich hätte nie gedacht, dass ich dem Glück mal unauffällig folgen würde.

An der Nordseite des Gutshauses führte eine schmale Treppe hinunter zu einer kleinen, modrigen Holztür. Am Griff hing ein Schild: *Leid und Bedürfnisse müssen leider draußen bleiben* stand da in krakeliger Schrift. Dann führte uns das Glück hinein in das, was früher wohl mal die Räume der Bediensteten waren. Plötzlich fanden wir uns mitten in einer ausgelassenen Party wieder. Man hörte Lachen, Jauchzen und Pfeifen, Leute tanzten, Gläser klirrten. Es ging zu wie auf einer griechischen Hochzeit. Jeder, an dem wir vorbeigingen, strahlte uns an oder umarmte uns sogar. Es war eine unglaublich herzliche Atmosphäre. Das Glück geleitete uns direkt zur Bar. „Happy Hour", sagte es, „alle Getränke gehen aufs Haus." Die Karte war überschaubar und bestand nur aus Glückscocktails: Dopamin, Serotonin, Oxytocin. Der Barkeeper drückte uns ein Glas in die Hand und das Glück prostete uns zu: „Schön, dass ihr da seid!". Ich nahm einen kräftigen Schluck und schaute mich um. „Übrigens", sagte das Glück, „vergleichen ist hier unten verpönt. Hier zählt nicht, was du bist oder was du hast, sondern was du denkst." Plötzlich begann die Menge auf der Tanzfläche zu johlen und zu klatschen. Sie gruppierte sich um einen Tänzer, der in der Mitte der Tanzfläche einen wilden Breakdance hinlegte. Das Glück begann herzhaft zu lachen und klärte uns auf: „Das ist die Gesundheit, die dreht immer voll auf, wenn ich in ihrer Nähe bin." Ja, so tanzt man, wenn man glücklich ist, dachte ich und merkte, wie meine Beine im Takt der Musik zu wippen begannen. Ob die Cocktails schon wirkten?

„Ich freue mich immer so, wenn meine Freunde eine Party für mich veranstalten", erzählte das Glück, „da komme ich einfach gern. Auch ohne Köder." Wir verstanden sofort. „Ich werde euch mal allen vorstellen." Und so nahm uns das Glück ins Schlepptau und steuerte durch das Getümmel. „Ich mag es ja, wenn ordentlich was los ist", sagte es und tanzte im Vorbeigehen mit den Umherstehenden, wobei seine füllige Mitte mächtig in Wallung geriet. Nach und nach lernten wir nun die Freunde kennen, mit denen sich das Glück also gerne abgab. Da war der Sport, die Selbstbestimmung und der Sex, wir machten außerdem Bekanntschaft mit dem Sinn, der erfüllenden Beschäftigung und einem Typen namens Flow, den wir aber nicht stören wollten, weil er gerade so in einer Sache versunken war. Um das

Catering kümmerte sich die gesunde Ernährung und in einer kleinen Seitennische saß die Entspannung, die uns auf eine kurze Meditation einlud. Außerdem tummelten sich noch die Dankbarkeit, die Natur und einige funktionierende soziale Beziehungen auf der Party. Alle schienen auf ihre Art eine besondere Beziehung zum Glück zu haben und man merkte sofort, wie gut sie sich verstanden. Am Ende der Tour warfen wir noch einen Blick in einen winzigen Nebenraum, in dem eine Art Privatparty stattfand. „Das ist die Fete für das kleine Glück", sagte das große Glück, „da sind dann so Gäste wie ein Bad im Meer, ein Blumenstrauß, das Lächeln, usw." Auch hier war die Stimmung ausgelassen, wenn auch etwas gemäßigter.

Die Cocktails hatten inzwischen ihre volle Wirkung entfaltet und wir tanzten selbstvergessen mit der Menge in einem Gefühl von völliger Zufriedenheit und Zeitlosigkeit. Es hätte ewig so weitergehen können, doch irgendwann merkten wir, wie sich der Raum langsam leerte. Das Glück kam mit einem verständnisvollen Lächeln auf uns zu und führte uns zur Tür. „Das Gehirn ist nicht dafür gemacht, dauernd glücklich zu sein. Das würde dazu führen, dass ihr verhungert. Das wär' doch schade. Also hat jede Party mal ein Ende. Aber die nächste kommt bestimmt!", sagte das Glück und drückte uns zum Abschied grinsend einen Glückskeks in die Hand. „Happy Heimweg! Und denkt daran, es kommt immer auf die Gäste an!", rief uns das Glück nach und schloss die alte Tür.

Mein Leben und ich waren noch etwas trunken von Glückseligkeit, wir hatten bestimmt drei Promille und lächelten grundlos vor uns hin. Da sahen wir, dass draußen im Park die Jagdgesellschaft noch immer auf ihren Lounge-Inseln saß und wartete. Allerdings hatten sie jeglichen Glamour verloren. Stattdessen wirkten sie zutiefst frustriert, einige tigerten herum und traten wütend gegen ihre Fallen, andere hatten ihren Frust im Prosecco ertränkt, wieder andere pöbelten das Personal an und schimpften auf den Veranstalter. Den malerischen Sonnenuntergang bemerkte niemand.

Ohne uns abzusprechen, wussten wir, was zu tun war. Wir gingen auf sie zu, mein Leben räusperte sich und rief lautstark in einem Ton höchster Seriosität: „Also, wenn Sie das Glück suchen, das lag da gerade eben noch auf dem Rücken der Pferde." Mein Leben hob den Finger und zeigte Richtung Stallungen. Alle Blicke folgten dem Finger. Es herrschte totale Stille. Plötzlich sprang der Erste auf und lief wie von der Tarantel gestochen los. Keine zwei Sekunden später war die ganze Meute in Bewegung. Die Hetzjagd nach dem Glück hatte begonnen. Als alle weg waren, nahmen wir uns genüsslich noch ein Häppchen vom Tablett. Mein Leben zog einen Flachmann aus der Tasche. „Ich hab' uns ein bisschen was von den Glückscocktails abgefüllt", sagte es schelmisch und prostete mir zu. „Na so ein Glück!", grinste ich.

Hilfe, ich bin glücklich

Liebes Dr. Winter-Team,

ich bin einfach glücklich mit meinem Leben. Was stimmt mit mir nicht? Bitte helft mir, ich glaube, ich bin nicht normal.   F. aus M.

Liebe F.,

es ist tatsächlich etwas ungewöhnlich, dass jemand „einfach glücklich" ist, aber es gibt noch keinen Grund zur Sorge. Jeder Mensch hat gelegentlich Anzeichen einer positiven Verstimmung, die mit einer optimistischen Sichtweise auf die Welt, einem erhöhten Selbstwertgefühl sowie einer inneren Zufriedenheit einhergehen. Solange diese Symptome nicht von Dauer sind, ist die Verstimmung nicht schwerwiegend.

Du solltest zuerst einmal herausfinden, welche Gründe hinter deinem frohen Gemüt stecken könnten. Hast du etwa eine funktionierende Beziehung oder bist zufrieden mit deinem Job? Erst wenn du weißt, was die Quelle deines Glücks ist, kannst du daran arbeiten, es im Zaum zu halten. Viele dieser Ursachen entpuppen sich nämlich bei genauerer Betrachtung als gar nicht so rosig. Es findet sich immer Potential für Unzufriedenheit.

Versuche daher, in besonders glücklichen Situationen öfter auch das Negative und die Schattenseiten zu sehen. Hier hilft zum Beispiel das Dramatisieren von Nichtigkeiten, ein Streit oder eine Portion Neid. Das schüttet genügend Stresshormone aus, um wieder schlecht gelaunt zu sein und die Aufwärtsspirale zu unterbrechen.

Glückliche Menschen können mit ihrer permanent guten Laune nämlich schnell in die Isolation geraten, da andere oft nicht wissen, wie sie mit Zufriedenen umgehen sollen. Viele wollen sich einfach nicht von der positiven Stimmung heraufziehen lassen und meiden frohe Mitmenschen. Gerade im negativ geprägten Alltag fühlen sich glückliche Menschen dann oft unverstanden und hilflos.

Sollte dein Zustand länger als zwei Wochen andauern, such bitte einen Psychotherapeuten auf. Der kann dir mit Gesprächen und im Ernstfall auch mit stimmungssenkenden Mitteln helfen, deine Glücks- gefühle in den Griff zu bekommen, bevor sie chronisch werden.

Aber sei unbesorgt, du hast dein Problem frühzeitig erkannt und damit schon den ersten Schritt zur Besserung getan. Vergiss nicht: Think negative!

Dein Dr. Winter-Team

Change your life

Kennen Sie das:
Es ist eintönig, es ist langweilig, es ist nicht das, was Sie sich vorgestellt haben? Es nervt, es macht Sie fertig, es geht den Bach runter?

Es nennt sich Leben.
Und alle anderen scheinen ein besseres zu haben!

Sie sind unzufrieden mit Ihrem Leben und wünschen sich schon lange ein anderes? Mit uns wird es möglich.

CHANGE YOUR LIFE
Agentur für Lebenswechsel

Wir haben eine riesige Auswahl an verschiedensten Leben. Weltweit. Ändern Sie Ihr Leben jetzt! Wechseln Sie in ein neues Leben!

Schnupperangebot
Sie haben genug von Ihrem Alltagstrott? Sie wollen nicht schon wieder Shoppen gehen? Sie können den schlechten Service in Ihrem Stammrestaurant nicht mehr ertragen? Sie sind genervt von Ihrer zu engen 4- Zimmer-Wohnung? Ihr Leben scheint sinnlos? Sie wünschen sich einfach mehr Aufregung?

Dann haben wir folgendes Leben für Sie im Angebot:

- befreien Sie sich von allem Besitz
- reisen Sie in unbekannte Länder
- entdecken Sie fremde Kulturen
- verbringen Sie viel Zeit draußen in freier Natur
- lernen Sie neue Leute kennen
- dazu gibt es viel Freizeit, Schonkost und die aufregende Spannung, nicht zu wissen, was einen erwartet

Unser Modell *Flüchtling* bietet Ihnen all das!
Die Chancen für einen schnellen Lebenswechsel stehen hier besonders gut, da wir momentan viele Anfragen von Menschen haben, die gerne mit Ihnen tauschen würden.

Melden Sie sich noch heute! Damit schon morgen Ihr neues Leben beginnen kann!

Regal der Möglichkeiten

Das Leben bietet so viele Möglichkeiten. Du musst nur zugreifen.

Genau das ist mein Problem. Es sind *zu viele* Möglichkeiten. Ich stehe vor dem riesigen Regal des Lebens, überwältigt vom Angebot und habe schon längst den Überblick verloren. Wo war nochmal die Packung mit dem aufregenden Leben? Ah da. Aber waren da nicht finanzielle Einbußen mit drin? Das konventionelle Leben? Hier, direkt vor mir. Aber das hat so eine langweilige Verpackung. Und außerdem haben das schon so viele. Oh, da oben sind die Traumjobs, aber welchen genau soll ich da nehmen, sie versprechen doch alle das große Glück. Es ist zum Verzweifeln.

Das ist wie mit den Zahnbürsten. Früher, also mein Früher, also zu DDR-Zeiten, da gab es im Handel, also in der Kaufhalle, ganze drei verschiedene Sorten Zahnbürsten. Wobei der einzige Unterschied bei diesen Zahnbürsten wohl lediglich in der Farbe bestand. Ich musste mich also nur zwischen drei Farben entscheiden. Heute muss ich in stundenlanger Prüfarbeit gefühlt drei Millionen verschiedene Zahnbürsten anschauen, von der jede einzelne einen anderen USP verspricht: Rundbürste, Schwingkopf, Überschall, lange Borsten, kurzer Kopf, usw. Irgendwo in den unendlichen Weiten des Zahnbürstenregals soll ich dann die Zahnbürste finden, die für mich, für meine Bedürfnisse optimal ausgestattet ist.

Genauso stehe ich jetzt vor dem Regal des Lebens, um aus den Millionen Möglichkeiten das Leben zu finden, welches optimal zu mir passt. Doch genauso, wie jede Zahnbürste trotz ihrer wahnsinnigen Ausstattung nur einen simplen Zweck erfüllt, nämlich die Zähne einigermaßen gut zu reinigen, soll das Leben, das ich wähle, auch nur einen simplen Sinn haben: mich einigermaßen glücklich zu machen.

Und so stehe ich vor dem Regal und frage mich, brauche ich Schwingkopf, Rotationen oder farbige Borsten in meinem Leben? Wie viele Special Features muss mein Leben haben, damit es ein gutes Leben ist? Zuviel Auswahl verstärkt das Gefühl, immer irgendetwas zu verpassen. Also muss ich pragmatisch vorgehen und beim Zugreifen ausblenden, dass ich mich gerade gegen tausende von anderen Lebensmöglichkeiten entscheide. Es reicht doch erstmal, dass mein Leben einfach eine schöne Farbe hat.

How to be durchschnittlich

Podcast Folge #278
Wie ihr mehr Durchschnittlichkeit in euer Leben bringt

Hallo ihr Lieben da draußen,

es ist total schön, dass ihr wieder dabei seid! Auch heute möchte ich meinen belanglosen Senf zu einem bedeutungslosen Thema abgeben. Ich möchte eine wunderschöne Erfahrung mit euch teilen, die mein Leben grundlegend verändert hat. Ich möchte euch heute zeigen, wie man ein Leben wirklich und wahrhaftig in Durchschnittlichkeit führen kann. Es ist möglich!
Dafür möchte ich dir ein Tool an die Hand geben, welches auch dein Leben transformieren wird. Mit diesem Tool wirst du es schaffen, aus der spirituellen Tiefe herauszukommen und dich zurück auf eine banale Ebene zu führen. Auf dieser Ebene der vollkommenen Durchschnittlichkeit wirst du weder kraftvolle Visionen noch Träume haben. Befreit von Inspiration und Kreativität wirst du dein Potenzial nicht ansatzweise ausschöpfen und dadurch das Leben leben, welches für dich vorgesehen ist: ein Leben in Durchschnittlichkeit.

Auch ich bin diesen Weg gegangen, habe mich von Individualität und Perfektionismus losgesagt, um zu sein, wie Millionen anderer Menschen: durchschnittlich, nichts Besonderes, nahezu spießig langweilig. Dieser Weg ist nicht einfach, aber er lohnt sich. Deshalb habe ich hier fünf leicht umsetzbare Tools zusammengestellt, die dir dabei helfen sollen, das Durchschnittlichsein auch in deinem Leben zu implementieren:

#1
Träume nur nachts!

Lebe nicht deinen Traum, sondern dein Leben. Träumen kannst du, wenn du schläfst, tagsüber gilt es, sich um wirklich wichtige Dinge zu kümmern: den Abwasch, die Wäsche, den Einkauf. Als durchschnittlicher Mensch lebst du nicht im Wolkenkuckucksheim sondern in der Realität. Befreie dich von der Last deiner unerreichbaren, kraftzehrenden Visionen und tauche ein in die Vielfalt von banalen, wahrhaftigen Erfahrungen, die der schnöde Alltag für dich bereithält.

#2
Sei ineffizient!

Disziplin ist der Feind der Versuchung. Statt stur deinen Zielen hinterherzulaufen, lass dich lieber von der Versuchung an wunderbare Orte führen. Darum: Sei ineffizient, mach, was auch immer dir gerade in die Finger fällt. Bleib bei YouTube hängen. Döse. Lass dich ablenken. Wenn du dich von deiner Umwelt zu den nächsten Schritten inspirieren lässt, kommst du an Ziele, die du mit Disziplin nie erreicht hättest.

#3
Sei zufrieden!
Wer ständig Ansprüche an das Leben stellt, muss immer für deren Erfüllung kämpfen. Durchschnittliche Menschen sparen sich diese Energie, indem sie annehmen, was kommt. Betrachte Zufriedensein als das neue Streben. Es ist deutlich weniger anstrengend als ständiges Streben nach etwas Besserem. Trau dich, auch mal nicht besonders gut zu sein und du wirst die tiefgreifende Erfahrung machen: Mittelmaß reicht zum Überleben.

#4
Sei sinnlos!
In der Dunkelheit der spirituellen Tiefen ist es schwierig, einen Sinn zu finden. Finde Erleuchtung auf einer realen Ebene, indem du das Leben als das annimmst, was es ist: sinnlos. Deine Welt wird um so vieles einfacher, wenn du einsiehst, dass dein Tun keinen tieferen Zweck erfüllen muss. Warte nicht auf Inspiration.
Durchschnittsmenschen sind zu nichts Höherem geboren, als zum Sein.

#5
Bleib unbeachtet!

Sei ehrlich zu dir selbst: niemanden interessiert, was du tust. Befrei dich von der Illusion, etwas Besonderes sein zu müssen und dir wird eine Last genommen. Schwimm mit dem Strom, rage nicht heraus, sei wie alle anderen. Spar dir die Mühe der Individualisten, die mit allen Mitteln versuchen, Aufmerksamkeit auf sich zu ziehen. Durchschnittsmenschen brauchen keine Likes, sie haben Freunde.

Ich kann dich wirklich nur motivieren, diesen Weg zur Durchschnittlichkeit zu gehen. Werde ein Otto Normalverbraucher, sei Hinz oder Kunz, oute dich als Max Mustermann oder Lieschen Müller. Entdecke diese neue Art des Daseins!

Seit ich durchschnittlich bin, ist mein Leben voll von ganz tollen Erlebnissen, die mich überhaupt nicht weiterbringen. Zum Beispiel stelle ich mich immer an der falschen Kasse an, und ich kann nur sagen, das ist eine wunderbare Erfahrung, denn es bringt mich zurück zu den Wurzeln, zu den Basics, die das echte Leben ausmachen.

Jetzt ist es an dir, dich in Durchschnittlichkeit zu üben. Dafür musst du weder produktiv noch achtsam, weder diszipliniert noch kreativ sein. Sei einfach talentfrei, mittelmäßig, uninspiriert, dann bist du auf dem richtigen Weg. So wirst du vielleicht auch bald Teil unserer Durchschnitts-Community. Für mehr Infos klicke einfach auf den Link zur *Ordinary-University*, dort findest du vertiefende Kurse zum Thema Durchschnittlichsein in sämtlichen Lebensbereichen, z.B. *Verreisen wie Jedermann, Mittelmäßigsein im Job* oder *Gewöhnliche Beziehungen.*

So, ihr Lieben, das war's von mir. Ich fand's total schön, dass ihr diese Erfahrung mit mir geteilt habt. Bitte gebt mir keine Bewertung, spart euch die Kommentare, nutzt die Zeit zum Popeln und an die Decke starren. In diesem Sinne: Just be ordinary!

Einige Erfahrungen aus der Community sollen euch für euren Weg motivieren:

- Ich lieg in Jogginghosen auf der Couch und mache kein Foto davon.
- Ich geh einem 9 to 5 Job nach, krasses Gefühl diese Sicherheit und Routine. Kann es nur empfehlen!
- Ich esse mein Müsli ohne Gojibeeren, Chiasamen und Amaranth. Oder ich esse ein Nutellabrot. Das ist Superfood genug.
- Ich bin nicht spirituell, gehe aber trotzdem noch manchmal in mich. Nur anders halt. Beim Popeln.
- Meine Morgenroutine: die Snooze-Funktion meines Weckers betätigen. Immer und immer wieder.
- Ich habe hunderte von Followern. Morgens auf dem Weg in die U-Bahn.

Zeit gewinnen

Ich dachte immer, die Zeit sei eine Langstrecken-
läuferin, die mit konstanter Geschwindigkeit im Stadion
meines Lebens ihre Runden dreht. Sie läuft stets ein
bisschen zu schnell für mich. Selbst wenn ich mich schon
auf der Bahn positioniere, um sie in der nächsten Runde
abzufangen und mit ihr mitzurennen, dauert es nicht
lang und sie läuft mir davon. Meine Bitte, doch mal
etwas langsamer zu laufen, scheint sie nicht zu hören.
Und so rennt die Zeit und ich komme nicht hinterher. So
dachte ich immer.

Bis ich kürzlich die echte Zeit zu Gesicht bekam. Ich
hatte an einem Preisausschreiben teilgenommen, bei
dem man Zeit gewinnen konnte. Der zweite Preis, mein
Preis, war eine private Führung durch das Zeitwerk. Ja,
es gibt ein Werk, in dem die Zeit produziert wird. Aber
pssst, alles hoch geheim! Ich wurde mit einer schwarzen
Limousine abgeholt und konnte durch die verdunkelten
Scheiben nicht erkennen, wohin sie mich brachte.
Plötzlich stand ich in einem kleinen Büro, an dessen
Wänden Zitate berühmter Philosophen und
Wissenschaftler hingen, die sich über die Zeit so ihre
Gedanken gemacht hatten. Aus einer Tür trat ein älterer
Herr mit einem karierten Fleecehemd, der sich mir als
Verwalter der Zeit vorstellte. An seinem langen weißen
Bart und dem schleppenden Gang konnte man
erkennen, dass er hier wohl schon etwas länger
arbeitete. „Herzlich willkommen", er streckte mir die
Hand entgegen. „Ich hoffe, du hast etwas Zeit

mitgebracht", scherzte er und führte mich mit einem breiten Grinsen mitten hinein in das Herz des Werks. In einem riesigen Zeit-Raum stand in der Mitte eine schier endlos hohe Sanduhr. Durch sie floss jedoch kein Sand, sondern eine zähe goldene Flüssigkeit. „Voilà, die Zeit!", sagte der Verwalter stolz. Ich staunte. So sah sie also aus. Dann entdeckte ich am Fuß der Sanduhr eine Öffnung, durch die die Zeit über eine schmale Rinne abgeführt wurde. Am Ende der Rinne saßen zwei merkwürdige Gestalten, die die Zeit-Masse zu exakt gleich großen Haufen formten. Der Verwalter erklärte: „Das sind die Zwillinge Kurzweil und Langeweile, die bereiten die Zeit-Portionen für die Menschen vor." Da sah ich, wie einer der beiden, vermutlich Langeweile, die Masse wie zähen Brotteig langsam auseinanderzog und wieder zusammendrückte und wieder auseinanderzog und so weiter. Er sah dabei nicht sonderlich motiviert aus. Kurzweil hingegen machte mit der Zeit-Masse kleine Kunststückchen, er schmiss Kugeln in die Luft, jonglierte oder formte fröhlich Skulpturen. Er war mir definitiv sympathischer.

„Jeder Mensch bekommt pro Tag ein Menge Zeit zugeteilt", sagte der Verwalter, „die gleiche Menge für jeden. Exakt rationiert. Damit kann er dann machen was er möchte." „Das heißt also, jeder Mensch hat Zeit", resümierte ich. „Richtig. Die Frage ist nur, wieviel man sich von seinem Zeit-Knödel für welche Tätigkeiten nimmt", fügte er hinzu und mir wurde auf einmal klar, woher der Begriff *sich Zeit nehmen* kam. „Die Sache ist die", sagte der alte Herr ernst, „mit der Zeit ist es nicht wie mit dem süßen Brei, sie ist nicht im Übermaß verfügbar. Sie ist zwar endlos, aber begrenzt. Der Zeit-Knödel wird kleiner und kleiner, er vergeht quasi. Und obwohl die Menschen das wissen, stehen sie jedes Mal wieder vor ihrem geschrumpften Haufen und fragen sich, wo die Zeit geblieben ist." „Das kenne ich", stimmte ich zu, „ich meine auch immer, ich habe nie genug Zeit. Aber dann erwische ich mich, wie ich stundenlang vorm Spiegel stehe und nach Pickeln suche oder Härchen zupfe und mir dafür offensichtlich ausreichend Zeit zuteile." „Tja, die Frage ist eben immer, womit man seine Zeit verbringt, wie man sie nutzt." „Gibt es da ein Geheimnis? Ich meine so eine Art Leitfaden *Zeitnutzung für Dummies*?", fragte ich den Verwalter und er entgegnete: „Als Faustregel gilt: forme aus deiner Zeit etwas Bleibendes." Ich dachte nach. Träumend aus dem Fenster zu starren gehörte da dann wohl nicht dazu. „Es müssen keine Heldentaten sein. Aber versuche, deine Talente und Leidenschaften einzusetzen, um etwas zu erschaffen, etwas Gutes zu tun. Solange es dich oder andere weiterbringt, hast du deine Zeit sinnvoll genutzt." Naja, das ist ja auch Interpretationssache, überlegte ich und dachte an all die YouTube-Videos, bei denen sich halbwüchsige Blondinen die Haare kämmen und Schminken. Manche Menschen scheint auch das weiterzubringen.

„Aber es gibt doch auch Leute, die offensichtlich mit ihrer Zeit nichts anzufangen wissen", stellte ich fest, „die den ganzen Tag niveaulose Sendungen im Fernsehen anschauen oder so. Die ihren Zeit-Knödel quasi einfach plattsitzen. Kann man die Zeit nicht lieber den Leuten zuteilen, die ständig in Zeitnot sind?" „Das geht leider nicht", sagte der Verwalter verständnisvoll, „das liegt nicht in unserer Macht."

Ich schaute noch einmal auf die überdimensionale Sanduhr und sinnierte: „Die Zeit steht also nie still? Wir wissen nicht, woher sie kommt und wie groß der Vorrat noch ist und ob es das überhaupt gibt, das Ende der Zeit? Wir wissen nur, dass sie als gleichmäßiger Strom zu uns kommt, einmal durch unsere Hände fließt, wir daraus etwas formen können und dass sie auf diese Weise greifbar gemacht wird." „Oder auch nicht", schob der Zeit-Herr nach, „wenn wir an unsere Plattsitzer denken." Er schmunzelte. „Komm mal mit, ich möchte dir noch etwas zeigen."

Wir verließen den riesigen Zeit-Raum und gingen in eine Seitenhalle. Dort hörte ich etwas, was wie das Ticken einer Uhr klang, ein gleichmäßiges Tack, Tack, Tack. Dann sah ich, dass der ganze Boden von kleinen schwarzen Strichen wimmelte. Tausende, Millionen. Sie wuselten umher und liefen dann, einer nach dem anderen, wie die Lemminge auf ein schwarzes Loch zu und sprangen hinein. Einige riefen begeistert „Jetzt ich!" und dann waren sie verschwunden. „Das sind die Sekunden", erklärte der Verwalter, „das Tak Tak entsteht, wenn sie hineinspringen." Das Geräusch, das wir als Ticken der Uhr kennen, sind also eigentlich Sekunden, die ins Nichts stürzen. Es war ein spannendes, aber irgendwie auch unheimliches Schauspiel. „Kann man denn das Loch nicht stopfen?", fragte ich etwas naiv. „Du willst die Zeit anhalten?", fragte der Verwalter mit seinem freundlichen, weisen

Lächeln zurück. Naja, eigentlich hatte ich nur Mitleid mit den stürzenden Sekunden. „Je mehr du darauf starrst und sie beim Verschwinden beobachtest, desto schlimmer wird es", sagte er. „Aber mach dir keine Sorgen, die Sekunden haben ihren Spaß. Das Loch ist das Jetzt. Das ist das große Ziel, auf das sie die ganze Zeit warten: im Jetzt zu landen. Sie finden dort Erfüllung."
„Aber man hat das dringende Bedürfnis, sie aufzuhalten", teile ich ihm meine Sorgen mit. „Es gibt da einen Trick", zwinkert er mir zu. „Du kannst Kopien von ihnen bündeln, zu Erinnerungsmomenten, dann werden sie im Gedächtnis abgelegt, und damit unsterblich." Erinnerungen sind das, was bleibt, dachte ich, wie wahr. Erinnerungen sind die zu Bildern gewordene Zeit.

Als ich mich vom netten Zeitverwalter verabschiedete und die Limousine mich wieder zurück in die Jetzt-Zeit brachte, nahm ich mir vor, mir ein Beispiel an den Sekunden zu nehmen und so oft wie möglich mit einem Jauchzen ins Jetzt zu springen. Selbst beim Wäscheaufhängen. Und ich wollte versuchen, viele möglichst schöne Erinnerungen zu bündeln und auf meinem Zeitkonto zu speichern.
Zuhause angekommen, sah ich neben der Küchenuhr meinen Zeit-Knödel liegen. Ich nahm mir ein Stück und begann, etwas daraus zu formen.

Leben mit Gütesiegel

„Ich werde mich zertifizieren lassen", teilte mir mein Leben neulich mit. „Bitte was?", fragte ich verständnislos. „Ja, man braucht ein Gütesiegel heutzutage. Produkte, Dienstleistungen oder Managementsysteme, alles ist zertifiziert." „Aber wir sind doch kein Unternehmen", wendete ich ein. „Naja, irgendwie schon. Ob du ein gutes Unternehmen oder ein gutes Leben führst, ist doch fast dasselbe. Und das kann man sich ja ruhig mal bescheinigen lassen. Dann hat man auch was in der Hand. Falls mal jemand fragt." Ich war skeptisch. „Und was genau zeichnet das aus, ein gutes Leben? Gibt es dafür eine ISO-Norm?", fragte ich. „Ja, das ist die EN ISO 0815", mein Leben war bestens informiert, „da wird die Einhaltung von Standards in verschiedenen Lebens-Kategorien überprüft." „Zum Beispiel?", ich wollte es jetzt genauer wissen. „Naja, zum Beispiel Gesundheit, Umwelt, Soziales. Sowas halt." Ich konnte es mir noch nicht so richtig vorstellen. Mein Leben fuhr fort: „Zuerst lassen wir die HU machen, durch den Lebens-TÜV kommen wir schon mal ohne Probleme. Gut, bei den Abgaswerten müssten wir etwas schummeln, aber ansonsten stehen wir technisch doch ganz gut da." „Und dafür gibt es dann eine Plakette?" „Richtig", bestätigte mein Leben. „Dann lasse ich mich von der Stiftung Lebenstest auf Herz und Nieren prüfen. Qualität, Benutzerfreundlichkeit, Preis-Leistungs-Verhältnis, was die eben so alles prüfen. Ein Testurteil *sehr gut* macht sich immer super!" „Aha, und sollen wir uns das dann tätowieren lassen, oder wie?" „Zum

Beispiel", mein Leben fand die Idee gar nicht schlecht, „aber das reicht noch nicht. Was nicht fehlen darf, ist das Bio-Siegel. Da wir zu 90 Prozent Bio-Lebensmittel kaufen und vegetarisch essen, sollte das also kein Problem sein." Ich wendete ein, dass die Bio-Gurken oder das Biomüsli aber oft in Plastikfolie eingepackt sind oder aus Übersee kommen. „Hm", überlegte mein Leben, „das könnte dann beim Nachhaltigkeitszertifikat zu Abzügen führen. Aber dafür punkten wir da mit unserem Jutebeutel, dem Fahrradfahren und der konsequenten Mülltrennung." „Und du meinst, das reicht?", zweifelte ich, „lügen wir uns da nicht ein bisschen selbst in den Jutebeutel? Du weißt doch, wie schwierig das ist, alles nur regional, saisonal, nicht von fiesen Großkonzernen, ohne Palmfett und vor allem ohne Verpackung zu kaufen. Ich stehe manchmal im Supermarkt und fürchte, verhungern zu müssen, wenn ich mich an all diese Einschränkungen halten möchte. Und mal ehrlich, wie oft waren wir schon im verpackungsfreien Supermarkt, obwohl er in der Nähe ist?" Mein Leben schaute betreten, „Naja, aber wir haben immerhin ein Bewusstsein dafür und sind stets bemüht. Das macht auch nicht jeder." „Aber ob das für ein Zertifikat reicht?" Ich bezweifelte es. „Na wenigstens für den Blauen Engel, wo wir doch immer Recycling-Klopapier benutzen", mein Leben ließ nichts unversucht, „und mit einem Öko-Strom-Label dürfen wir uns auch schmücken. Und natürlich mit der Stromsparer-Plakette." „Was ist mit Fair-Trade?", fragte ich. „Auf jeden Fall!", rief mein Leben, „wir beuten niemanden aus, behandeln alle Mitmenschen ehrlich und bezahlen unsere Friseurin fair." „Und in der Kategorie Soziales, was können wir da vorweisen, außer einer regelmäßigen Geldspende für ein Kinderdorf? Wahnsinnig sozial engagiert sind wir ja nicht. Obwohl wir die Zeit hätten. Über die Infoveranstaltung zur Flüchtlingshilfe sind wir nie hinausgekommen. Das ist schon irgendwie traurig", fand ich. Mein Leben sah das nicht so eng, „Ach, da wird auch berücksichtigt, ob man für seine Freunde da ist und hilft, wo man gebraucht wird. Zumindest als *Trusted Person* können wir uns labeln lassen." „Na dann fehlt ja nur noch das Wollsiegel", sagte ich schmunzelnd und dachte, dass zu einem guten Leben ganz schön viel dazu gehört. Aber auch, dass mein Leben vergleichsweise nicht so schlecht dasteht. Ob zertifiziert oder nicht. Und *ein* Siegel verleihe ich ihm sogar noch persönlich: das Prädikat *Besonders wertvoll*.

Krone der Schöpfung

Der Mensch sieht sich nun zweifelsohne
als der Schöpfung güldne Krone.
Ob nun vom lieben Gott erschaffen
oder von Darwins wilden Affen,
seit er den Fuß auf diese Welt gestellt,
der Mensch sich für den Helden hält.

Hat er doch das Rad erfunden
und Full-time Jobs mit Überstunden.
Roboter, Handys und Maschinen
lässt er heute für sich dienen,
schickt Sonden in den Orbit raus
und Drohnen übers Nachbarhaus.

Er kann digitalisieren
und sein Sperma tiefgefrieren.
Zudem kann er Atome spalten,
Motoren auf Hybrid umschalten
und weiß von Krankheit zu genesen.

Der Mensch, das schlaueste aller Wesen,
hat zwar die DNA geknackt,
doch wenn im Park sein Hündchen kackt,
wird Homo sapiens erneut zum Sammler.
Und der Schöpfer fassungslos die Hände überm Kopf
zusammenschlägt,
weil sein Meisterwerk in einem rosa Plastiksäckchen
die Exkremente seines Hunds spazieren trägt.

Kaffeefahrt oder Abenteuerurlaub

Die Suche nach dem Sinn im Leben ist in etwa so wie die Suche nach dem perfekten Urlaub. Schwer zu finden. Man sagt ja, das Leben sei eine Reise. Aber wenn ich auf eine Reise gehe, weiß ich doch normalerweise das Ziel. Nur, was ist das Ziel des Lebens? Der Tod, ok. Und sonst? Ist da noch was? Irgendwas das mir sagt, dass es gut war, diese Reise unternommen zu haben?

Es kommt mir vor, als hätte ich einen wahnsinnig langen Urlaub vor mir, aus dem ich das Beste machen will, der sich lohnen soll. Und nun stehe ich vor dem Reisebüro, starre auf die Angebote und habe das Gefühl, da ist nichts für mich dabei. Ich muss zugeben, nicht genau zu wissen, was ich eigentlich will für meinen Urlaub, macht die Sache nicht leichter. Also schaue ich, was andere so gebucht haben.

Da sind die, die sich für eine Kaffeefahrt durchs Leben entschieden haben. Mit ein paar Gleichgesinnten freuen sie sich über die günstig erstandene Heizdecke und schauen ansonsten aus dem Fenster, was da so Nettes vorbeizieht. Vielleicht machen sie aber auch ein Nickerchen. Ist ja anstrengend genug, so ein Ausflug. Beneidenswert, diese Genügsamkeit.

Oder die Pauschalurlauber. All inclusive. Da weißt du was du hast. Abgeschottet in der Anlage, frühzeitig das Handtuch auf die Liege am Pool legen, am Buffet den Bauch vollschlagen und abends vom Animationsprogramm unterhalten werden. So ein Urlaub bietet größtmögliche Sicherheit. Keine bösen

Überraschungen, ab dem zweiten Tag bekannte Gesichter und der Barkeeper kennt deinen Lieblingscocktail. So ein Leben als Pauschalreise, bei dem man 30 Jahre in derselben Firma arbeitet, bei Aldi den Wocheneinkauf macht und abends beim Zappen durchs Fernsehprogramm gemütlich auf der Couch einschläft, bietet mir allerdings zu wenig Abwechslung. Ich kriege Hummeln im Hintern, wenn ich zu lange dasselbe sehe oder tue. Also weiter.

Vielleicht der Abenteuerurlaub? Ständig auf Achse, auf der Suche nach dem Unbekannten und nie wissen, was hinter dem nächsten Busch auf einen wartet. Klingt aufregend. Aber auch gefährlich. Zuviel Risiko und Ungewissheit ist nun auch wieder nicht mein Ding.

Eigentlich ist alles, was ich für meinen Urlaub will: etwas erleben. Erinnerungen sammeln. Staunen. Lachen. Weinen. Um hinterher auf einen bunten Korb voller Eindrücke blicken zu können. Ich will am Ende der Reise ganz viele Momente in meiner Erinnerung haben, zu denen ich sagen kann: Das war schön! Das war aufregend! Das war inspirierend! Beängstigend! Lustig! Erfüllend! Traurig! Bewegend! Ich will Momente, in denen ich lebendig war. Dann ist es ja eigentlich auch egal, wo genau ich war. Dann wäre der Weg das Ziel. Und am Ende ginge es nicht darum, etwas erreicht, sondern etwas erlebt zu haben.

Und diese Art des Reisens hätte auch einen entscheidenden Vorteil. Man muss das Leben nicht ständig fragen: Wann sind wir da?

Zeitfracht Medien GmbH
Ferdinand-Jühlke-Straße 7
99095 Erfurt, Deutschland
produktsicherheit@kolibri360.de